Operation Kratzbein

Hannes Hörndler
(Autor)

Stefan Pommer
(Illustrationen)

Leselausverlag

Copyright: Leselausverlag (Hannes Hörndler)
Lektorat: Bauer Christine
Cover, Layout und Zeichnungen: Pommer Stefan
ISBN: 978-3-9502879-3-6

Ich bin Max

Stell dir vor, deine Freunde wechseln drei Tage lang ihre Unterhosen nicht. Dann sammelst du sie ein, schmeißt sie in einen Korb und setzt dich auf die schmutzige Wäsche. Ich weiß, es klingt grauslich, aber so ungefähr roch es in dem Wäschewagen, wo ich am Mittwoch rein musste.

Freiwillig wäre ich da niemals hineingeklettert, aber ich konnte eben nicht anders. Sie wollten mich zu Kleinholz verarbeiten und mich grün und blau schlagen. Deswegen brauchte ich einen Unterschlupf.

Nicht, dass du glaubst, ich sei ein Feigling. Ich bin sicher kein Feigling! Wenn hinter dir dreißig Kinder her gewesen wären – und ich lüge nicht, es waren dreißig – dann hättest auch du dich da reingehockt.

Du musst wissen, dass der Wäschewagen in einem Heim steht. Ich wohne nämlich dort. Natürlich nicht im Wäschewagen, du Leuchte, sondern im Kinderheim. Ich mag mein Heim. Besser gesagt, ich mochte es. Denn wenn man sich in einem Wäschewagen verkriechen muss, hat das seinen Grund. Niemand sitzt grundlos in einem Wäschewagen, noch dazu, wenn es da nach alten Unterhosen riecht.

Das Heim liegt am Stadtrand, am Ende einer Allee. Das Gebäude ist schon ziemlich alt, aber die Schaukel, die Dartscheibe und der Fernseher sind neu, weil sie zu Weihnachten von reichen Leuten gespendet wurden.

Ich habe zwei Freunde dort. Renate und Akin. Damit du's gleich weißt: Renate ist nicht meine Freundin! Ich bin doch nicht

bescheuert und fange hier was mit einem Mädchen an. Sie ist einfach nur eine Freundin von mir. Auch wenn jeder im Heim glaubt, dass wir zusammen sind. Aber mit Renate läuft nichts. Obwohl sie nicht übel aussieht! Sie hat braunes Haar, oft zusammengebunden mit so einem schwarzen Haarband und ist schlank und groß wie eine Rakete. Meistens trägt sie zerrissene Jeans und tut überhaupt recht auf hart.
Aber mit ihr läuft nichts. Nur weil es andere Jungs bereits tun, muss ich nicht auch schon herumknutschen. Das Einzige, was mich wurmt, ist Tristan. Dieser Kasperl hat ihr heimlich einen Liebesbrief zugesteckt, das habe ich genau gesehen. Und sie hat ihn nicht einmal zerrissen! Warum sie auf den steht, weiß ich bis heute nicht.

Eins aber muss ich ihr lassen: Zuschlagen kann sie, mein lieber Schwan! Sie schlägt jeden im Vorbeigehen auf den Oberarm. Da sie das jeden Tag immer an derselben Stelle macht, tut das im Laufe der Zeit ganz schön weh. Deswegen laufen selbst die Burschen in weitem Bogen um sie herum... und das gefällt mir am meisten an ihr!

Mein anderer Freund heißt Akin. Wir haben bis zu den Vorfällen in der letzten Woche nie ein Wort miteinander gesprochen – trotzdem ist er schon lange mein bester Freund. Akin ist Türke. Ich glaube, er hat immer das meiste begriffen, was Renate und ich so dahingelabert haben, aber geredet hat er eben nicht. Doch wozu reden!? Ich habe ihn auch so verstanden! Außerdem spielt er gut Tischfußball und Dart. Das ist das Wichtigste im Heim. Kannst du gut Tischfußball oder Dart, mögen dich die Leute hier. Der Tischfußballkönig hat die meisten Freunde, genauso wie der Dartmeister. Das ist für mich schlecht, denn ich kann weder das eine noch das andere gut. Aber Akin ist in beiden der Drittbeste. Und weil er mich mag, mögen mich die Leute hier auch ein bisschen.

Im Heim wohnen dreiunddreißig Kinder. Die Jüngste ist Mirabella mit sieben Jahren, der Älteste heißt Fred und hat dreizehn Lenze am Buckel. Den kann ich bis auf den Tod nicht ausstehen, aber zu Fred komme ich später.
Ich heiße Max und bin elfdreiviertel Jahre alt. Meine Freunde sagen, ich rede gerne ein bisschen viel und gehe schnell auf wie ein Germteig. Na und!? Wenn ich vorlaut bin, dann können es wenigstens die anderen nicht mehr zu mir sein!

Mich erkennt man am besten an meinen Sommersprossen.
Ich habe nämlich ganz schön viele davon, und das, obwohl ich dunkle Haare habe. Mama sagt, die hätte ich von Papa. Aber an Papa kann ich mich nicht mehr erinnern. Er hat sich vor mei-

ner Geburt davongemacht, sagt meine Mama, mit irgendeinem Flittchen. Ich weiß nicht genau, was ein Flittchen ist, aber es klingt nicht gut. Wenn ich groß bin, werde ich Flittchen meiden. Meine Mama ist voll in Ordnung, leider trinkt sie sehr viel. Ja, ihr werdet sagen, Trinken ist doch gesund, Mann, aber wenn man so viel trinkt wie Mama es tut, dann ist es allemal nicht gesund. Vor allem trinkt sie zu viel Schnaps.
Und wenn sie trinkt, wird sie ganz vergesslich. Dann vergisst sie zum Beispiel den Braten im Ofen, oder mich von der Schule abzuholen. Ein paar Mal musste ich mit der Jugendwohlfahrt mitfahren, bis der Richter meinte, ich müsste nun länger ins Heim, bis es Mama wieder besser ginge.
Tja, das alles ist nun eineinhalb Jahre her. Die ganze Zeit über will ich zu Mama zurück, doch die sagen, das Beste für mich wäre, weiter im Heim zu bleiben. Aber sie haben Unrecht. Denn das Beste für mich kann bestimmt nicht sein, mich in einem stinkenden Wäschewagen verkriechen zu müssen.

Bei Bauschbart

Es fing alles am Montag an, als mich Herr Bauschbart, unser alter Heimleiter, zu sich rief.

In seinem Büro riecht es normalerweise muffig und süß. Ich glaube, das liegt weniger am alten Herrn, sondern vielmehr an den alten Möbeln. Aber als ich da vor sechs Tagen in sein Zimmer trat, duftete es nach Blumen.

Die Blumen, die im Raum verteilt in Vasen steckten, waren Abschiedsgeschenke. Sie sagen, dass er zu alt für den Job sei. Rente nennen die das oder verdienten Ruhestand. Blödsinn! Wenn jemand länger arbeiten möchte, sollte man ihn auch lassen. Vor allem bei so netten Leuten wie Herrn Bauschbart. Zwar hat auch er so seine Macken, aber für einen Erwachsenen ist er schwer in Ordnung.
Die anderen beiden Angestellten scheren sich einen Dreck um uns. Frau Himmelberger, unsere Erzieherin, hasst ihren Job und tut nur das Nötigste. Und mit der dicken Köchin Berta ist sowieso nicht gut Kirschen essen.

„Nur herein mit dir, junger Mann“, empfing mich Herr Bauschbart. Er richtete sich auf, strich sich über die Halbglatze und zupfte an seinem weißen Bart. Das Zupfen war so eine Angewohnheit von ihm. Anfangs dachte ich, er hätte Läuse. Aber dann erzählten mir Kinder, die schon länger als ich im Heim waren, dass er das erst macht, seitdem er mit dem Rauchen aufhörte.

„Ich bin ja schon herinnen“, antwortete ich ihm.
Herr Bauschbart lachte.
„Immer einen Spruch auf Lager – so mag ich dich.“
„Wir mögen Sie auch! Bleiben Sie doch länger hier.“
Herr Bauschbart lächelte. Wortlos wandte er sich zum Fenster, schob den gelben, schweren Stoffvorhang zur Seite und starrte hinaus. Er musste zweimal husten. Dann lockerte er den Kragen seines alten, karierten Hemdes, um besser Luft zu bekommen.

„Selbst wenn ich wollte…mein Körper spielt mir immer mehr Streiche…“
„Sie können ja wieder auf Kur fahren“, schlug ich vor.
Herr Bauschbart schüttelte den Kopf. „Für meinen Rücken ist kein Kraut mehr gewachsen!“
„Ja, bitte! Dann gehen Sie doch!“, erwiderte ich eingeschnappt und wandte mich ab.
„Wenn du mich ausreden lässt, wirst du nicht mehr böse auf mich sein“, sagte er zu mir.
„Das kann ich mir kaum vorstellen“, murmelte ich trotzig.
„So dreh dich doch zu mir her, damit ich dir in die Augen sehen kann!“
Herr Bauschbart und sein Augentick. Alles musste er einem direkt ins Gesicht sagen. Er fand das höflicher. Ich machte ihm den Gefallen und sah ihm in die Augen. Die waren nur schwer zu finden, so dick waren die Brauen und Falten drum herum.
„Junger Mann“, sprach er mit tiefer Stimme, „ich habe eine wirklich fantastische Nachricht für dich.“
Mann, wurde ich nervös, weil ich sofort an Mama dachte.
„Deine Mutter hat einen langen Klinikaufenthalt gut hinter sich gebracht…“
„Heißt das…?“, fragte ich zögerlich.
„Es steht nun nichts mehr im Wege, dass du zu deiner Mutter nachhause darfst…zumindest auf Probe.“

Ich machte einen Freudenschrei und drückte Herrn Bauschbart so fest, dass er Angst um seine alten Knochen haben musste. So lange hatte ich darauf gewartet, und nun durfte ich endlich zu Mama! Ich löste mich aus der Umarmung und flehte den alten Herrn an, mir zu sagen, wann es denn so weit sei.

Ärger mit Freunden

In den ersten Monaten hatte ich oft darum gebettelt nach Hause zu dürfen. Herr Bauschbart hatte allerdings gemeint, dass das erst ginge, wenn Mama wieder vollkommen gesund sei. Sie war in einer Klinik untergebracht, wo sie lernen musste, ohne Rum und so Zeug leben zu können. Vor einem Jahr schien ihr das schon einmal gelungen zu sein. Aber gerade, als ich meine Koffer packen wollte, hatte sie wieder einen Rückfall. Ihre Zimmerkollegin hatte eine Flasche Schnaps ins Zimmer geschmuggelt und sie hatten darauf angestoßen, dass sie nach Hause durfte. So hat Mama es mir zumindest erzählt. Daher freute ich mich nun riesig, dass sie es endlich geschafft hatte, trocken zu bleiben, und ich hoffte, dass sie dieses Mal nicht auf mich und meine Rückkehr zu ihr anstoßen würde.

Ich wollte die gute Nachricht sofort meinen Freunden erzählen. Zuerst suchte ich sie im Wohnzimmer, weil wir uns dort immer aufhielten. Eigentlich war es nur ein riesiger Raum, wo wir wuzelten, Dart spielten und uns die Zeit vertrieben. Aber wir nannten es unser Wohnzimmer, weil wir sonst keines hatten. Meine Freunde waren nicht da. Mirabella, die Jüngste, die überall gerne ihre neugierige Nase hineinsteckt, wollte von mir wissen, warum ich so aufgebracht sei. Aber ich wimmelte sie ab. Zuerst wollte ich es meinen Freunden sagen und niemand anderem!

Ich lief weiter zur Waschküche. Peter und Paul hängten gerade Socken auf die Leine. Die beiden dürren, langen Gestalten sind nämlich die Schmutzdetektive. Der Name ist nicht auf meinem Mist gewachsen.
Solche Ausdrücke verwendete Herr Bauschbart gerne für unsere Ämter. Denn jedem hier herinnen wurde ein Amt übertragen, und Herr Bauschbart hatte Namen dafür, als wären sie etwas Tolles:
Mirabella ist Besenschwungspitzensportlerin, das heißt, dass sie zusammenkehren muss. Andere sind Sockenstopflehrlinge, Tischdeckmeister oder Müllinspektoren. Und ich…? Ich bin Abwaschassistent des Monats. Juhu! Ausgerechnet abwaschen „durfte“ ich! Die kleinen Teller habe ich immer schnell durch. Aber hast du schon einmal einen 20-Liter-Topf voller Gulaschkruste geputzt? Pfui Teufel noch mal! Hätte doch niemand auf der Welt Gulasch erfunden, so gut schmeckt das Zeug auch wieder nicht.
Ja, ich weiß, ich rede um den heißen Brei herum. Also nachdem

ich meine Freunde nirgends finden konnte, wurde ich allmählich sauer. Da hat man nun endlich einmal eine tolle Nachricht und dann ist niemand da, dem man sie erzählen konnte.

Hausmeister Willi! Den könnte ich noch fragen! Ich sah, wie er am Ende des Ganges an einer Steckdose herumschraubte. Er kommt immer montags und samstags und repariert Sachen, die gerade anstehen. Er ist schon über siebzig, und seine grauen Haare stehen wild zerzaust in die Luft, als wäre er gerade in die Stromleitung geraten. Er ist hager, hat kaum Fleisch auf seinen Knochen und ein Gehör wie ein Sieb.

„Hast du meine Freunde gesehen?“, rief ich ihm zu.

„Was, du willst ein Zuckerl?“, antwortete er.

„Nein, MEIN FREUNDE!“

„Renate und Akin?“

Ich nickte.

„Die sind...“

DING! DONG! DING! DONG!

Die Essensglocke übertönte Willi.

„Hat sich erübrigt“, sagte ich und verabschiedete mich von ihm.

„Immer wieder schön, jungen Leuten helfen zu dürfen", lachte er, aber da war ich schon wie all die anderen Kinder auf dem Weg in den Speisesaal.

Mensch, wie laut es da drinnen war. Sessel wurden verrückt, Saftgläser auf Tische gedonnert, und die Kinder fochten mit Messer und Gabel herum, dass es nur so klirrte.
Meine Freunde hatten mir einen Platz freigehalten.
„Wo habt ihr bloß gesteckt?", fragte ich, als ich mich zu ihnen setzte.
„Wir mussten den Müll hinaustragen", antwortete Renate.
„Heute ist doch Montag!"
Ups, das hatte ich in meiner Aufregung ganz vergessen.
„Ihr erratet nie, was ich gerade erfahren habe!?", platzte es gleich aus mir heraus.
„Dass es besser ist, zuerst zu pinkeln und dann die Spülung zu drücken?", fragte Renate scherzhaft.
Akin lachte so sehr, dass er sich verschluckte.
„Mensch, ihr verderbt mir noch den Spaß", sprach ich beleidigt.
„Dabei ist es echt der Hammer!"
„Aber verkauf' uns ja nicht den alten Hut, dass Herr Bauschbart in Rente geht und morgen die Neue kommt", meinte Renate.
„Nein, viel besser: Ich darf am Freitag nach Hause."
„Was? Wie? Nach Hause?", fragte Renate. „Auf Besuch?"

„Nein, nicht nur auf Besuch. Wenn's klappt, dann für immer!"
Meinen Freunden blieb die Spucke weg.
Frau Himmelberger stellte die schweren Suppentöpfe auf den Tisch. Zucchinicremesuppe. Die ersten Kinder stritten sich schon um den Schöpflöffel, sodass Frau Himmelberger alle zur Ruhe aufforderte.
„Na, was sagt ihr dazu?", fragte ich.
„Ja, was schon", brummte Renate. „Wir gratulieren dir."
Aber sie meinte es nicht so, wie sie es sagte. Sie griff zum Schöpflöffel und füllte hastig ihren und Akins Teller voll. Der tat überhaupt so, als würde er mich nicht verstehen, obwohl ich genau wusste, dass er es kapiert hatte.
„Aber freut ihr euch denn nicht für mich?", wollte ich wissen.
„Freuen?" Renate schlürfte die heiße Suppe und ärgerte sich, weil sie sich ihre Zunge verbrannte hatte. „Sollen wir uns freuen, dass du uns hier alleine sitzen lässt...!?"
Jetzt wurde mir klar, woher der Wind wehte. Die waren sauer! So wie ich auf Herrn Bauschbart sauer gewesen war, als ich erfahren hatte, dass er uns verlassen würde.
„Aber ich werde euch doch besuchen kommen...", versprach ich artig. „So oft wie möglich!"
„Ja, am Anfang vielleicht. Aber dann wirst du uns vergessen."
Ich seufzte. Vielleicht hatte sie Recht. Jeder hat Schiss zurückzukommen. Vielleicht würden sie einen ja dann wieder hierbe-

halten wollen.
„Komm, Akın, wir hauen ab!" Renate gab ihm ein Zeichen zum Aufstehen. Sie ließen ihre Suppen zurück, nahmen ihre Saftgläser mit und setzten sich zum ersten Mal, seitdem wir Freunde geworden waren, an einen anderen Tisch. Ich konnte es kaum glauben, dass sie mich im Stich ließen. Jetzt, wo ich endlich nach Hause durfte.

„So, so. Der kleine Max verlässt uns also am Freitag." Ich wusste sofort, wem die Stimme gehörte. Da brauchte ich mich gar nicht erst mal umzudrehen. Fred! Der fehlte mir noch! Dieser Gauner hatte mir einst meine Star Wars Force Attax Sammelkarte von Yoda zerrissen, und ich musste mir das auch noch gefallen lassen. Nicht, dass ihr schon wieder glaubt, ich wäre ein Schwächling oder so, aber Fred ist nicht nur der Älteste hier, er ist so groß und schwer wie ein Nilpferd. Wenn sich der was in den Kopf gesetzt hat, dann kriegt er es auch, sonst macht er dich platt wie einen Pfannkuchen.
„Schau gefälligst her, wenn ich mit dir rede!" Ich gehorchte ihm. Selbst bis Freitag konnte er mir die Hölle noch heiß machen.
„An deiner Stelle würde ich mich nicht zu früh freuen." Fred setzte den Teller an seinem Mund an, trank die Suppe in einem aus und wischte sich die Reste aus seinem kürbisförmigen Gesicht. „Denn morgen", fuhr er grinsend fort, „kommt die neue Heim-

leiterin. Wer weiß, was der alles einfallen wird..."
„Ach", erwiderte ich, „was soll die schon groß machen!? Herr Bauschbart hat es mir..."
„Wir werden ja sehen...", würgte mich Fred ab und drehte sich zu Peter und Paul.
„Kann ich eure Würstel haben?" Die beiden nickten artig und schoben ihm ihre Teller entgegen. Kein Wunder, dass sie dünn wie Bohnenstangen waren, wenn ihnen Fred alles wegfraß.
Und so stocherte ich alleine in meinem Essen herum. Renate und Akin blickten kein einziges Mal zu mir herüber. Na und!?, dachte ich. Wenn sie nicht mehr mit mir reden wollten, dann musste auch ich nicht mehr mit ihnen reden! Dann würde ich mich eben nur für mich selber freuen.

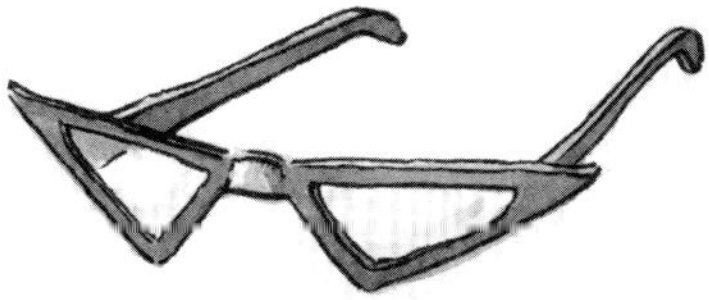

Frau Kratzbein ist da

Das mit dem „selber Freuen“ klappte aber nicht so wie ich mir das vorgestellt hatte. Wie soll man sich über etwas freuen, wenn sich die Freunde nicht mitfreuen können. Mit den beiden teile ich nicht nur mein Zimmer, mit ihnen teile ich einfach alles. Und nun versauten sie mir mit ihrem dämlichen Schweigen die ganze Vorfreude auf Mama!

Da lag ich nun im Bett und konnte es ausnahmsweise nicht mehr erwarten, dass die Himmelberger zur Lichtkontrolle vorbeischneien würde. Akin las Comics, während Renate auf dem Sofa lungerte und auf ihrem iPod herumdrückte. Sie wohnt vorübergehend in unserem Zimmer, weil sie Ärger mit Mädchen hatte. Obwohl ich mich voll darüber freue, sagen würde ich ihr das nie.
Ich holte Mamas Foto aus der Lade und betrachtete es. Eigentlich erkannte man sie darauf fast nicht mehr, weil ich es schon tausendfach abgegriffen hatte und sie vor unserem weißen, alten Haus nur ganz klein abgebildet war. Aber es war das einzige, was mir von ihr geblieben war.
„Ich komm schon alleine zurecht“, sagte Renate plötzlich, während sie noch immer auf das Display starrte. „Nicht, dass du

glaubst, ich wäre ‚ne Heulsuse."
„Du und Heulsuse. Das passt so wenig zusammen wie Schokolade und Sauerkraut." Ich versuchte witzig zu sein, aber sie lachte nicht mit. Vielleicht dachte sie auch gerade an *ihre* Eltern. Sie sprach nie über sie, nicht einmal mit uns. Aber ich glaube, es hat sie schlimm erwischt, sonst wäre sie nicht wie all die anderen Kinder hier.
Da ich nicht wusste, was ich noch sagen sollte, setzte ich mich einfach eine Weile an ihre Bettkante. Ich stupste sie am Arm, so wie sie es bei mir schon tausendfach getan hatte. Sie musste lachen. Okay, ich geb's ja zu: Sie schlug *mir* auf den Arm, dass *ich* aufschrie und dann erst musste sie lachen. Ich lachte trotzdem mit.
Dann wurde ich ernst. „Ich hab Angst zurückzukommen", gab ich schließlich zu. „Aber ihr könnt doch zu mir kommen – so oft wie ihr wollt." Akin legte das Comicheft zur Seite und nickte mir zu. Renate tat es ihm nach. Damit war unser Streit ausgeräumt.

Am Dienstag war es dann so weit. Die neue Heimleiterin sollte uns vorgestellt werden. Und glaub mir, selbst die Morgenmuffel unter uns rückten pünktlich um sieben im Speisesaal an. Keiner wollte ihren ersten Auftritt verpassen. Nicht einmal Peter und Paul, die sonst immer zu spät kamen, weil ihnen ja ohnehin Fred alles wegfraß.

Zuerst hielt Herr Bauschbart seine Abschiedsrede. Er erzählte uns eine Geschichte über einen Jungen, der sehr arm war und sich alleine um seine kranke Mutter kümmern musste. Ob er jetzt Anton hieß oder Erich Kästner habe ich mir nicht gemerkt. Irgendwann hatte ich nicht mehr aufgepasst und nur noch an mein Baumhaus gedacht und wie Mama mir darin einen Kakao serviert.
Zum Schluss dankte er den Kindern, die sein Leben bereichert hatten. Obwohl er keine Träne vergoss, war er traurig, das sah man ihm an. Es fiel ihm schwer aufzuhören, viel schwerer, als ich bisher angenommen hatte.

Kaum war Herr Bauschbart draußen, wurde getuschelt, was das Zeug hält. Jeder musste über die Neue reden und hatte von irgendwoher etwas über sie zu berichten. Dabei bin ich mir sicher, dass sie keiner zuvor gesehen hatte und jeder nur Geschichten verzapfte.
Als die Tür aufging, wurde es schlagartig ruhig. Einer hustete, einem anderen fiel die Gabel zu Boden. Da Frau Himmelberger zu lüften vergessen hatte, war es heiß und stickig.
Eine kleine Dame betrat den Raum. Sie trug hohe Stöckelschuhe. Vermutlich, weil sie nicht übersehen werden wollte. Schritt für Schritt stolzierte sie nach vorne, ohne uns dabei anzuschauen. Und wie sie nach Parfum roch, mein lieber Schwan! Ihr Ge-

sicht weiß gepudert wie ein Schlossgespenst, ihre Lippen blutrot geschminkt. Also diese Dame sollte mir gefährlich werden?, dachte ich mir. Die mit der glitzernden Bluse, dem silbernen Lackrock und dem weißen Hut?
„Mein Name ist Frau Kratzbein“, brummte sie tief wie ein Bär. „Frau Doktor Kratzbein.“
„Haha, Kratzbein“, rief jemand im Saal. Mann, ich schwöre, ich war es nicht! Aber gesehen hatte ich es auch nicht, wer es gewesen war.

Ohne ein Wort zu sagen suchte Frau Kratzbein mit ihren Augen nach dem Übeltäter. Das war klar wie Nudelsuppe, dass sich niemand meldete. Kinderheim-Ehrenkodex!
Frau Kratzbein rümpfte die Nase. Wir warteten auf ein böses Wort von ihr. Doch weit gefehlt! Sie schritt einfach, ohne mit der Wimper zu zucken, aus dem Saal! Wir waren alle so perplex, dass es lange mucksmäuschenstill blieb. Ich glaube, so still war es noch nie in einem Raum ohne Erwachsene gewesen.
„Was, das war’s schon?“, fragte Renate ungläubig.
„Du weißt doch jetzt ihren Namen“, sagte ich gut gelaunt. Ich biss in einen Apfel, den ich mir aus dem Obstkorb genommen hatte und kaute daran.
„Ich weiß nicht recht“, meinte Renate. „Mir ist sie nicht geheuer!“
„Ach Quatsch. Die ist harmlos!“, erwiderte ich.

„Ich an deiner Stelle würde Schiss kriegen!“, mischte sich Fred in unser Gespräch ein. Mensch, der taucht auch immer dann auf, wenn man ihn am wenigsten braucht.
„Selbst wenn sie so schrecklich sein sollte, wie ihr tut...“, sprach ich mit vollem Mund, „mir kann sie schon den Buckel runterrutschen...“
Eins kannst du mir glauben – diesen Satz bereue ich noch heute!

Alles aus

Wir schrieben uns im Aufenthaltsraum die Finger wund. Es war Hausaufgabenzeit.
Herr Bauschbart hatte immer gesagt, dass es für jede Sache seine Zeit geben müsse: eine Schulzeit, eine Lernzeit, eine Amtsausübungszeit, Frühstücks-, Mittags- und Abendzeit, eine Freizeit, eine Schlafengehzeit, eine Licht-aus-Zeit, eine Licht-an-Zeit: gerade, dass man uns nicht vorschrieb, wann wir aufs Klo zu gehen hatten.

Der Aufenthaltsraum war ein kahles Zimmer, das nur dazu da war, unsere Aufgaben zu schreiben und zu lernen. Frau Himmelberger hatte die Aufsicht über uns. Nur Akin war nebenan und lernte Deutsch mit einer Nachhilfelehrerin.
„Wusst' ich's doch! Diese Frau kam mir von Anfang an nicht koscher vor!“ maulte Renate. Außer sich vor Wut, drückte sie ihren Kugelschreiber so fest auf, dass sie bei jedem i-Punkt das Papier durchlöcherte.
„Verlängert die glatt die Hausaufgabenzeit um eine Dreiviertelstunde! Die spinnt doch!“
„Aber das war doch klar, dass sie uns irgendeine Strafe aufbrummen würde“, meinte ich gelassen. „Selbst Herr Bauschbart

hätte das ‚Haha' nicht durchgehen lassen..."
„Jetzt verteidigst du sie schon", erwiderte Renate. „Du bist wegen der Mama-Sache so was von gut gelaunt, dass einem schlecht wird!"
„Du redest dir doch normalerweise alles schön und reißt blöde Witze!", entgegnete ich ihr.
„Bitte sehr, kannst du auch dieses Mal haben!" Sie räusperte sich, ehe sie Frau Kratzbeins Stimme nachahmte. „Hausaufgaben gehören zweimal geschrieben. Das fördert die Tugend der Disziplin...". Sie tat so, als würde sie sich Parfum hinter die Ohrläppchen sprühen. Ich wollte ernst bleiben, weil ich sauer auf sie war. Aber weil sie nicht und nicht mit dem Sprühen aufhören wollte, musste ich laut auflachen.
Natürlich fand das Frau Himmelberger weniger lustig.
„An deiner Stelle würde ich das unterlassen, Max", nörgelte sie.
„Wenn du fertig bist, geht's ins Büro von Frau Kratzbein..."
„Aber was will sie denn von mir?", fragte ich.
„Weiß ich doch nicht!" antwortete Frau Himmelberger achselzuckend.
„Da darf wohl jemand nicht nach Ha-a-u-u-s-e...", veräppelte mich ein Junge vom Nachbarstisch. Natürlich war es Fred, der mir auch noch seine dämliche Grimasse vors Gesicht hielt.
„Hör nicht auf ihn!", versuchte Renate mich zu beruhigen.
„Bestimmt wird sie dir nur sagen, um welche Uhrzeit dich deine

Mutter abholt…“ Ich weiß, sie hatte das gut gemeint. Aber ich glaube, sie sagte das nur, weil ich das hören wollte. Denn ich war mir nicht mehr so sicher, dass ich wirklich nach Hause durfte.

Als ich das Büro betrat, bekam ich einen Schrecken. Nichts mehr war so, wie ich es in Erinnerung hatte! Möbel aus Plastik, ein Glastisch mit unechten Blumen, ein Vorhang mit einem Leopardenmuster. Himmel noch mal - wie hat sie die alten Sachen vom Herrn Bauschbart so rasch rausschaffen können?
Frau Kratzbein saß auf einem hohen Stuhl. Eigentlich glich er mehr einem Barhocker, als einem Stuhl. Wahrscheinlich brauchte sie ihn, um überhaupt über den Tisch gucken zu können.
„Grüß Gott, Frau Doktor Kratzbein.“ Ich bemühte mich, höflich zu sein.
„Ja, ja schon gut.“ Sie griff, ohne dabei aufzublicken, nach einem Parfumfläschchen.
„Dein Name ist Maximilian Maier?“, fragte sie, drückte auf den Knopf und versprühte etwas, was nach verfaulten Erdbeeren roch.

„Ja, so heiße ich“, antwortete ich ihr und blinzelte zu einem großen, leeren Behalter aus Glas, der auf einem Regal in der Ecke stand.
„Du fragst dich wohl, wozu der dient?“
Ich fühlte mich ertappt und dachte an ein Aquarium, das erst mit Wasser aufgefüllt werden musste.
„Das ist ein Terrarium, aber das wird dir wohl kaum ein Begriff sein“, erklärte sie. Und ich dachte mir: Ich weiß sehr wohl, dass ein Terrarium für Tiere ist, hielt es aber für besser, meine Klappe zu halten.
Sie stieg vom Hocker, ging zu einer Kommode, die mit schrillen gelben und grünen Streifen bemalt war, und nahm einen grauen Ordner heraus. Er schien recht dick zu sein. Als sie ihn jedoch aufschlug, waren darin lediglich ein paar Zettel abgeheftet. Sie setzte ihre Lesebrille auf und blätterte auf die letzte Seite.
„Ich habe gelesen, dass Herr Bauschbart dich entlassen wollte...“
„Ja“, antwortete ich blitzschnell, damit sie ja nicht auf andere Gedanken käme. „Am Freitag darf ich nach Hause.“

Frau Kratzbein nahm die Lesebrille ab, griff nach dem Krug und füllte ihr Glas voll. Bei jedem Schluck gurgelte sie das Wasser, sodass es elendig lange dauerte, bis sie es leer getrunken hatte.
„Ich habe deine Angelegenheiten neu prüfen lassen...“, sagte sie schließlich.

„Wieso neu?“, fragte ich verwundert.
„Ich will nicht unterbrochen werden!“ Ihr Tonfall wurde ernst. Doch anstatt mir zu erklären, was das für mich bedeutete, ließ sie sich absichtlich noch mehr Zeit. Sie drückte wie eine Wilde auf ihr Parfumfläschchen und verpestete den Raum noch mehr. Sie musste auch noch aufstehen, um den Krug am Wasserhahn aufzufüllen.
„Ich habe die Jugendwohlfahrt gebeten, deinen Aufenthalt hier zu verlängern...“
„Was?“, rief ich entgeistert. „Aber Herr Bauschbart hat mir doch...“
„Herr Bauschbart ist nicht mehr Heimleiter“, polterte sie. „Ich bin die neue Heimleiterin!“
„Aber Sie können doch nicht...“
„Nichts aber.... Wenn ich sage, dass du hier bleibst, dann bleibst du auch hier!“
Ich war aufgebracht, mein Kopf wurde knallrot vor Wut. So lange hatte ich auf Mama gewartet und jetzt zerstörte mir die neue Heimleiterin alles!
„Sie dumme, blöde, alte Kuh“, fuhr ich sie an. Ich glaube, ich habe auch „fett“ und ein paar andere schlimme Wörter gesagt. Das weiß ich allerdings nicht mehr so genau, nur, dass ich so lange vor mich hin schimpfte, bis mir nichts mehr einfiel, womit ich sie noch beschimpfen konnte. Dann rannte ich hinaus und

knallte hinter mir die Tür zu, dass es nur so schepperte.
Unter meiner Bettdecke heulte ich Rotz und Wasser. Akin und Renate versuchten mich zu trösten, leider vergebens. Ich hatte es verbockt – Frau Kratzbein würde mir nie im Leben mehr erlauben, meine Mama wiederzusehen.

Warum ich im Wäschewagen landete

Mittwochfrüh gab es ein großes Tam Tam, weil Karla ausgebrochen war. Nein, Karla ist kein Mädchen, sondern eine Kakerlake. Sie ist Heinos Haustier. Ich weiß, es klingt komisch, aber wenn du Heino kennen würdest, würde es dich auch nicht überraschen. Heino ist vernarrt in alle Arten von Ungeziefer.

Die Kakerlake war ein Geschenk von Herrn Bauschbart, als er traurig war, weil ihn seine Pflegeeltern nicht adoptieren wollten. Seit diesem Tag zeigt er bei jeder Gelegenheit das kleine Vieh her. Na ja und in der Früh hatte es Karla vermutlich satt und entwischte ihm in eine kleine Ritze. Heino war deswegen fix und foxi und wollte die Polizei, die Feuerwehr und am liebsten auch noch den Präsidenten anrufen. Aber wenn schon Heino total aus dem Häuschen war, dann könnt ihr euch vorstellen, wie hysterisch die Mädchen waren. Die wagten sich kaum mehr, einen Schritt auf den Flur zu machen!

Mich hingegen interessierte das ganze Tohuwabohu nicht die Bohne. Stocksauer war ich, das kannst du mir glauben. Aber ich war nicht nur auf Frau Kratzbein sauer. Ich war auch wütend auf Fred und sogar ein bisschen auf Renate, weil sie mich vor ihr gewarnt hatte und nun Recht behalten hatte.

Vor dem Unterricht hatte ich gehofft, dass Heinos Kakerlake das Thema des Tages sein würde. Doch nichts da! Über mich mussten sie die ganze Zeit reden. Hinter meinem Rücken, was mich noch zorniger machte! Glauben die, ich wär' taub, oder was!?
Nach der Schule verkroch ich mich daher auf meinem Zimmer und kramte Mamas Foto hervor. Ich erinnerte mich an unsere schönen Tage. Meist waren das meine Geburtstage gewesen. Da bemühte sich meine Mama sehr, nicht vergesslich zu sein und sich keinen Rum reinzukippen.

DING! DONG! DING! DONG!

Blitzartig aus meinen Gedanken gerissen, legte ich das Foto aufs Nachtkästchen und machte mich auf die Socken.

Als ich den Speisesaal betrat, wusste ich sofort, dass etwas nicht stimmte. Alle Kinder glotzten mich an, als hätte ich ihnen in ihre Suppe gespuckt.

Ich blickte mich um. Spinat! Deswegen also die finsteren Gesichter! Ich hasste ja auch Spinat, wer hasst schon nicht Spinat? Aber warum waren sie deswegen auf mich sauer? Als ich mich auf meinen Platz setzen wollte, wurde mir allmählich klar, was hier vor sich ging. Auf jedem Teller lag ein Batzen Spinat, aber auf meinem ein Riesenschnitzel! Das konnte nur Frau Kratzbeins Werk gewesen sein! Ihr teuflischer Plan, mich fertig zu machen. Nicht mit mir, dachte ich, und wollte mich davonstehlen. Doch die dicke Berta hatte da etwas dagegen.

„Setz dich und iss!", sprach sie und quetschte mich mit ihren klumpigen Fingern in den Stuhl. „Ein Geschenk von Frau Kratzbein. Schön aufessen, sonst gibt's Ärger!"

Ich starrte zu Renate und Akin, aber die zuckten nur ratlos die Schultern. Was sollte ich bloß tun? Einerseits würde mir Berta nicht von der Pelle rücken, andererseits verlangte der Ehrenkodex, das Schnitzerl stehen zu lassen.

„Ich will das nicht essen", sagte ich. „Ich mag auch lieber Spinat." Das war natürlich gelogen. Aber ich hoffte, mich vielleicht so rauswinden zu können.

„Iss jetzt endlich!", keuchte Berta. „Oder soll ich es dir reinstopfen?“ Der Köchin traute ich das sogar zu. Daher blieb mir nichts anderes übrig, als das Fleisch runterzuwürgen. Stück für Stück, Bissen für Bissen. Und ob du’s glaubst oder nicht: In so einer Situation schmeckt selbst ein Schnitzerl grauslich.

Aber das war noch nicht alles gewesen. Kaum hatte ich alles runtergeschluckt, ging die Tür auf. Dreimal darfst du raten, wer herein trat!? Richtig, Frau Kratzbein höchstpersönlich. Und warum? Nur, um sich die ganze Show anzusehen! Die wenigen Kinder, die noch den Löffel in ihren Händen hielten, ließen ihn in den Spinat sinken. Jeder fragte sich, was Frau Kratzbein nun vorhatte, am meisten gespannt aber war ich.

„Wie schmeckt euch der Spinat?“, fragte sie, ohne ihre Miene zu verziehen. Ich hörte, wie manche knurrten, am lautesten Fred, aber zu protestieren wagte niemand. Frau Kratzbein schien ohnehin keine Antwort zu erwarten, sondern ging schnurstracks auf mich zu.
„Na, Max, und wie hat dir dein Schnitzerl geschmeckt?“ Sie schmunzelte und strich dabei ihr Haar neckisch hinter die Ohren. Ich wartete darauf, dass sie mich auslachen würde, aber es blieb beim Schmunzeln. Aber weil sie auch damit nicht aufhören konnte, ging mir das so was von auf den Geist, dass ich fast explodierte und neue Schimpfwörter aus mir raus mussten:

„Sie Ringelnatterlurch, Sie“, rief ich, „Hornhautochsenschwanz und Schimmelwarzenschwein.“ Mir wäre gerade noch ein toller Ausdruck über die Lippen gekommen, da funkte mir Frau Kratzbein dazwischen.
„Raus mit dir!“, brüllte sie. „Auf dein Zimmer!“ Gut, dann gehe ich eben auf mein Zimmer, dachte ich. Aber Frau Kratzbein hatte es sich anders überlegt.
„Nei-ei-ei-n! So einfach kommst du mir nicht davon. Du kannst gehen, ja… aber die anderen, die bleiben noch hier und beten als Strafe für deinen Ungehorsam fünfzig *Vater unser*…“
Die Kinder regten sich lautstark auf und warfen mir böse Blicke zu. Um den Lärm zu übertönen sprach Frau Kratzbein den nächsten Satz besonders laut, damit ihn nur ja alle hören konnten. „Ihr könnt euch nachher bei ihm bedanken…“

Tja und nun kennst du auch den Grund, warum ich mich im Wäschewagen verstecken musste. Ich war aus dem Saal gestürmt und hatte mich sofort dorthinein verkrochen. Für jedes „Vater unser“ würden sie mir einen Hieb verpassen, das stand fest wie das Amen im Gebet. Darum hoffte ich, dass es ein verdammt gutes Versteck war.

So viel verrate ich schon mal: Im Wäschewagen fanden sie mich nicht, aber nur nicht, weil mir nach einer Weile eingefallen war,

dass ich etwas vergessen hatte. Etwas, was mir so wichtig war, dass mir selbst mein gutes Versteck völlig schnuppe wurde. Mamas Foto! Ich Dummian hatte es am Nachtkästchen liegen gelassen!
Ich musste es holen, auch wenn mich die Kinder dabei erwischen sollten. Sie würden mich in meinem Zimmer suchen, das Foto finden und es zerreißen. Und davor hatte ich weit mehr Angst, als von den Kindern verprügelt zu werden.
Ich spitzte die Ohren und lauschte. Nichts. Kein Geräusch, kein Mucks, keine Kinder. Ich schob die Laken zur Seite, atmete tief die frische Luft ein und stieg aus dem Wagen.

Fred, grrr!!!

Am Gang roch es nach Schweiß. Frau Kratzbein ließ im Gegensatz zu Herrn Bauschbart kaum lüften. Vielleicht aber kam der Geruch auch von mir, ich hatte ja eine Zeit lang zwischen den alten Laken gesessen.
Ich hoffte, dass die Kinder noch beteten. Allerdings hatte ich keine Ahnung, wie lange es dauern würde, fünfzig „Vater unser" runterzurattern. Geschweige denn, wie lange ich wirklich im Wäschewagen gesessen hatte.
Die Tür des Speisesaals ging auf, und ich versteckte mich rasch hinter einer Säule. Mein Herz pochte. Ich wusste sofort, wer es war. Ihre Stöckelschuhe werde ich auch noch in tausend Jahren erkennen. Wie Hufeisen knallten ihre Schühchen auf den knorrigen Holzfußboden. Dann wurden ihre Schritte leiser. Frau Kratzbein war auf dem Weg ins Büro, das auf der anderen Seite des Hauses lag.

Nach der Schrecksekunde rannte ich schnurstracks aufs Zimmer. Das Foto! Gott sei Dank lag es noch unversehrt am Nachtkästchen. Ich schnappte es mir und dachte: Nichts wie zurück in den Wäschewagen! Doch dazu kam es nicht mehr. Die Tür wurde aufgerissen. Viel zu schnell, um noch unters Bett zu kriechen. Es war Akin. Eigentlich hätte ich erleichtert sein sollen, aber sein Gesichtsausdruck verriet mir, dass er zu spät dran war. Hinter ihm tauchten schon alle auf: Peter und Paul, Tristan und Mirabella, Edi und all die anderen, an vorderster Front natürlich Fred. Irgendwo in dem Gewimmel war bestimmt auch Renate, aber wenn Fred so knapp vor einen trat, war kein Platz mehr für ein anderes Gesicht.

Zwischen seinen Zähnen klebte Spinat, und ich Depp konnte meine Augen nicht davon abwenden. Fred ist zwei Jahre älter als ich und schon bei guter Laune eine tickende Zeitbombe. Wenn man ihn aber wütend macht, verarbeitet er dich zu Brei. Fred war nicht wütend, nein, er grinste nur dämlich. Als ich aber merkte, warum er das tat, war es schon zu spät. Peter und Paul rissen mir Mamas Foto aus den Händen und reichten es geschwind ihrem Anführer weiter.
„Hey, das ist meins“, rief ich und verlangte es auf der Stelle zurück.
Fred hielt es in die Höhe und warf einen Blick darauf.
„Das ist also deine Mama…“, brummte er. „Die hat uns den ganzen Ärger eingebrockt.“

„Die Frau Kratzbein hat uns den Ärger eingebrockt, nicht meine Mama!"
„Hör doch auf! Du allein hast sie wie ein Rohrspatz beschimpft!"
Fred legte eine kurze Pause ein, ehe er fortfuhr. „Glaubst du

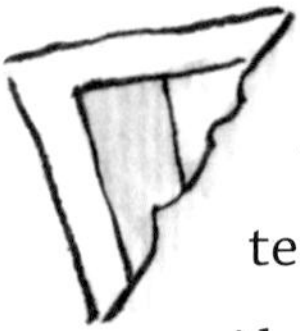

ernsthaft, ich lass dir das durchgehen, wie du das Schnitzerl frisst, während ich grauslichen Spinat hinunterwürgen muss...?"
„Aber ich wollte ja gar nicht, ich musste..."
„Du Armer! Wir mussten Spinat essen, nicht du!"
„Na und!?", schrie ich. „Dann verpass mir eben eine..." Mir war jetzt alles egal. Hauptsache, ich hatte es endlich hinter mir.
Ich fragte mich, wie Fred wohl darauf reagieren würde. Mit der Faust in mein Gesicht oder mit einem Schlag auf das Schienbein oder in die Magengrube.
„Lass ihn in Ruh'!", forderte jemand neben mir. Es war Renate, die sich vorgeschoben hatte und drohend ihre Hand hob.
„Ach, willst du mich etwa in den Oberarm zwicken?",

schmunzelte Fred. Da jedoch niemand mit ihm lachte, wurde auch seine Miene ernst. „Zeit, die Sache zu klären." Er gab den anderen ein Zeichen, woraufhin Renate in die Menge gezerrt wurde.
Fred nahm mich mit seiner freien Hand am Kragen und riss mich zu sich heran, so nah, dass ich fast das Foto erreichen konnte.

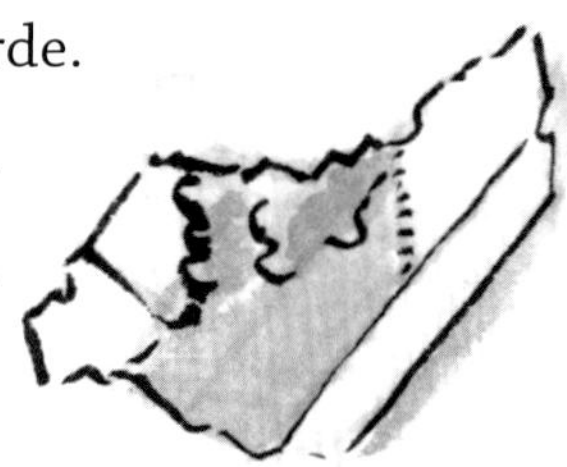

„Hör auf!“, schrie Renate von irgendwoher, „oder soll ich die Himmelberger rufen?“

„Das wird nicht nötig sein...“, beruhigte Fred und ließ mich wieder los. Die Kinder im Raum seufzten, ich aber atmete erleichtert auf.

„Nein, du verdienst etwas Besseres als eine Tracht Prügel...“

Er streckte Mamas Foto in die Höhe. Mein Herz raste, ich bekam Panik.

„Wage es ja nicht!“, rief ich, halb drohend, halb weinend.

Ich hüpfte, sprang und rang nach dem Bild meiner Mama, kam aber nicht ran.

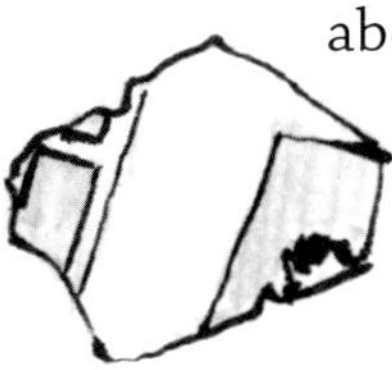

Renate rief im selben Moment nach Frau Himmelberger.

„Zu spät!“, zischte er und zerriss Mamas Bild in tausend Stücke.

„Du Trottel!“, schrie ich und fuhr ihm mit dem Ellbogen in seinen Bauch. Fred winselte, bäumte sich dann drohend vor mir auf und schlug mir in die Magengrube, dass mir die Spucke wegblieb. Ich versuchte nachzutreten, atmete jedoch so schwer, dass ich zu Boden ging. Alle Kinder jubelten, als hätten sie mir persönlich eine verpasst.

„Seid ihr echt so blöd und glaubt, Frau Kratzbein wird nicht das Gleiche mit euch machen...?“ Ich stammelte das mehr, als ich es sagte. Aber mein Magen verursachte mir höllische Bauchschmerzen, sodass ich mehrmals husten musste.
„Keiner wird mehr nach Hause kommen, keiner.“ Die Kinder starrten einander an. Ich bemerkte, dass sie es endlich begriffen hatten.
In diesem Moment platzte Frau Himmelberger herein.
„Kann man sich nicht einmal in Ruhe schminken?“, murrte sie übel gelaunt. Auf einem Auge hatte sie dunklen Lidschatten aufgetragen, das andere war noch ungeschminkt. (Und ja, ich weiß, ich hänge ein bisschen viel mit Renate ab, dass ich so was wie Lidschatten kenne.) Mit einer kurzen Geste schickte sie alle Kinder aus unserem Zimmer.
„Eins verspreche ich euch!“, sagte Fred noch vorm Hinausgehen. „Die Frau Kratzbein kann auch gleich was erleben! Das mit dem Spinat lasse ich bestimmt nicht auf mir sitzen!“
Ich hingegen suchte den ganzen Boden nach den Fotoschnipseln ab. Am liebsten hätte ich geweint und geschrien. Es war schon schlimm genug, dass ich nicht mehr zu Mama durfte. Jetzt hatte ich auch noch meine wertvollste Erinnerung an sie verloren.

Bleibt nur noch eins...

Ich hatte alle Teilchen gefunden und auf ein Blatt Papier gelegt. Dann klebte Renate alles zu einem Foto zusammen, aber Mama erkannte man nicht mehr wieder. Das konnte genauso gut ein Braunbär oder ein Grizzly sein, der da vor unserem Haus stand. Am Abend gab es dann Fischstäbchen. Fischstäbchen sind nun auch nicht das Gelbe vom Ei, aber nach Spinat würde einem selbst ein alter Gummistiefel schmecken.

Danach musste ich abwaschen. Ich schrubbte die ganze Zeit über an einem Teller herum und dachte nach. Was, wenn ich abhauen würde? Auf ein Problem mehr oder weniger würde es auch nicht mehr ankommen.

„Jetzt reiß dich mal zusammen, sonst stehen wir morgen auch noch hier“, unterbrach mich Berta schroff und fuchtelte mit einem Nudelholzdingsbums in der Luft herum.

„Na und!? Dann stehen wir eben morgen auch noch hier!“, erwiderte ich. Tja, das hatte gesessen! Damit hatte sie bestimmt nicht gerechnet.

„Gib schon her“, sprach sie übel gelaunt, „sonst komme ich überhaupt nicht nach Hause. Aber morgen wäschst du wieder ordentlich ab, sonst werde ich das melden...“
Ich nickte artig, aber nur, weil ich daran dachte, am nächsten Tag gar nicht mehr hier zu sein. Da müsstest du dann alle Teller selber schrubben, liebe Frau Berta!

Rasch lief ich zu meinem Zimmer, aber Frau Kratzbein stellte sich mir in den Weg. Was will sie denn nun schon wieder von mir!?, dachte ich. Konnte sie mich nicht in Ruhe lassen? Ich versuchte mich an ihr vorbeizuschummeln, aber sie ließ mich nicht durch.
„Ich habe ein Telefonat mit deiner Mutter geführt.“ Das Herz schlug mir sofort bis zum Hals. Während sie sich mit verschränkten Händen an die Mauer lehnte, tat ich so, als interessiere es mich nicht.
„Leider musste ich ihr mitteilen, wie ungehobelt du dich aufgeführt hast!“
Ich sagte nichts darauf, obwohl es mir verdammt schwer fiel mich zurückzuhalten.
„Deine Mutter hat wieder mit dem Trinken begonnen, weil sie sich so große Sorgen wegen dir machen muss...“
„Das glaube ich Ihnen nicht...“, erwiderte ich. Es war mir herausgerutscht, aus Angst, dass sie vielleicht doch die Wahrheit

gesagt haben könnte.
„Das wirst du wohl müssen“, sprach Frau Kratzbein. „Sonst sehe ich für dich hier kein Happy End …“
„Das werden wir noch sehen“, entgegnete ich ihr. Mir reichte es! Ich nahm Anlauf, rutschte durch ihre Beine durch, rappelte mich schnell wieder auf und griff nach der Türklinke.
„Stell ja nichts Dummes an!“, rief sie mir nach, aber da war ich schon in meinem Zimmer verschwunden.

Dort warteten bereits meine Freunde auf mich. Ich erzählte ihnen vom Zwischenfall.
„Die lückt doch“, sagte Akin. „Die lückt doch wie erdruckt.“
Renate und ich verstummten. Akin hatte gesprochen. Er hatte noch nie gesprochen!
„Wie gedruckt heißt es“, erklärte Renate. Sie sagte das so selbstverständlich, als würde sie ihn jeden Tag ausbessern.
„Ich warte, bis ich besser reden. Aber nun Lage ernst. Nun mir egal, wie es klingelt, ich helfen.“ Mann, wie es mir schwer fiel, nicht über seine lustige Sprache zu lachen! Renate ließ mir aber ohnehin keine Zeit dafür.
„Was willst du nun tun, Max?“, wollte sie wissen.
„Ich werde abhauen!“
Renate schüttelte den Kopf. „Damit Frau Kratzbein einen weiteren Grund hat, dich nicht mehr nach Hause zu lassen!?“

„Schnallst du es nicht!? Die lässt mich nie und nimmer mehr nach Hause!“
„Ach und du glaubst, es wird alles besser, wenn du von hier verschwindest!? Die werden nach dir suchen! Die Jugendwohlfahrtsbehörde, die Polizei, alle! Und dann landest du erst wieder hier!“
Ich antwortete nicht. Natürlich hatte sie Recht, aber es war mir dennoch egal.
„Aber wohin würdest du überhaupt fluchen wollen?“, fragte Akin. Renate wusste es.
„Zu Mama“, antwortete sie. „Er will zu seiner Mama.“
„Wir helfen Plan für deine Fluch zu machen“, sagte Akin. Während ich ihm den Unterschied zwischen fluchen und Flucht erklärte, schmollte Renate in ihrer Ecke. Sie fand unsere Idee hirnrissig und wollte nicht mitmachen. Als sie aber merkte, dass ich mich unmöglich umstimmen lassen würde, half sie schließlich doch mit. Wenn auch nur unter Protest, wie sie betonte.
Wir brauchten nicht lange darüber zu reden, weil wir wussten, dass es nur einen Weg aus dem Kinderheim gab. Es musste mitten in der Nacht geschehen.

Ich haue ab

Unsere Wecker haben drei Lautstärken. Einmal leise, einmal laut und superlaut für echte Morgenmuffel. Wir entschieden uns für leise, damit uns keiner aus den Nachbarzimmern hören würde. Außerdem werde ich sowieso bei jedem Mucks putzmunter. Da braucht nur ein Schmetterling an mir vorbeizuflattern, schnelle ich in die Höh', als würde das ganze Haus brennen. Ich wäre bestimmt ein toller Wachhund, aber was bringt mir das schon. Bei der Polizei werden sie mich deswegen wohl kaum anstellen.

Als nun der Wecker um Mitternacht vibrierte, stellte ich ihn ab und rüttelte meine Freunde wach.

Akin brauchte am längsten, um zu kapieren, was wir vorhatten.

„Was sind los?", fragte er.

„Wir hauen ab", erklärte ich ihm schmunzelnd. Er redet echt witzig, Mann!

„Ach ja", sagte Akin, „habe vergaß."

Ich holte meinen Rucksack hervor, in dem ich meine wichtigsten Sachen verstaut hatte, und zog mich warm an. Lieber zu viel als zu wenig, hatte meine Mama immer gesagt.

„Ab jetzt keinen Mucks mehr", verlangte ich von meinen Freunden. „Nur noch Handzeichen, kapiert?"

„Willst du etwa Activity spielen?“, meinte Renate scherzhaft. „Oder Fahrrad fahren?“
„Ich werde dich vermissen“, erwiderte ich, „aber sicher nicht deine Witze!“
„Und wie du meine Scherze vermissen wirst“, meinte Renate, „genauso wie das hier!“ Sie schlug auf die Stelle am Oberarm, die ohnehin schon wehtat, sodass ich laut aufschrie.
„Spinnst du!? Du weckst ja das ganze Haus auf!“, fuhr ich sie an.
„Um diese Zeit schläft selbst die Himmelberger schon!“ Naja, das stimmte auch wieder. Die Himmelberger saß am Abend lange vor der Glotze. Aber nach Mitternacht war in ihrem Zimmer immer das Licht aus. Woher wir das wussten? Na ja, aufs Klo zu gehen wird ja in der Nacht wohl noch erlaubt sein.
„Seid trotzdem leise“, bat ich schließlich. „Sonst braucht ihr gar nicht erst mitzukommen.“ Ich schulterte meinen Rucksack und schlich als Erster auf den Gang hinaus.

Die schmutzigen Fenster ließen kaum Licht herein. Sie waren alt und verschmiert und wurden selten geputzt, weil sie nur über eine hohe Leiter erreichbar waren. Wir knipsten daher die Taschenlampen an und schlichen auf leisen Sohlen in die Waschküche. Dort befand sich eine kleine Luke, die einzige im ganzen Heim, die sich in Bodennähe befand und zum Rausklettern geeignet war. Ich stieg auf die Waschmaschine, um an den

Hebel heranzukommen und öffnete das Fenster. Eine kühle Brise blies mir ins Gesicht. Draußen leuchtete der Vollmond, sodass wir die Taschenlampen ausmachen konnten.
„Wer macht mir die Räuberleiter?“, fragte ich.
Während Akin verstohlen auf den Boden blickte, kletterte Renate zu mir auf die Waschmaschine herauf.
Als ich sie bat, die Hände vor mir zusammenzulegen, damit ich draufsteigen konnte, schüttelte sie den Kopf.
Ich fragte mich, was sie vorhatte. Sie würde doch nicht mit mir knutschen wollen.
Da ich ihr das aber zutraute, wich ich einen Schritt nach hinten aus.

„W-w-w-as?“, stotterte ich nervös.
„Einen Abschiedskuss kannst du dir abschminken“, sagte sie und lachte. Viel zu laut, wie ich fand. „Aber die Räuberleiter mache ich dir auch nicht. Die soll Akin machen!“
„Aber wieso bist du dann zu mir hinaufgeklettert?“
Ich sah sie an und da dämmerte es mir. Auch sie hatte Schuhe und Jacke angezogen.

„Kommt gar nicht in Frage", erwiderte ich energisch. „Ich bin bei Frau Kratzbein schon unten durch, du aber würdest dir hier alles versauen."

„Du weißt gar nichts über mich!", zischte sie. Sie versetzte mir einen Stoß in die Rippen, sodass ich taumelte und das Gleichgewicht verlor. Gerade noch rechtzeitig fing mich Renate auf und zog mich an sich heran. „Tschuldigung", flüsterte sie. „Aber ich habe auch meine Gründe von hier zu verschwinden."

„Meinetwegen", brummte ich, weil ich noch ein bisschen beleidigt war, „kommst eben mit. Aber nur, wenn du endlich einmal die Klappe hältst!"

„Wer soll uns denn um diese Zeit hören?", fragte sie.

Es war klar, dass genau in diesem Moment die Tür aufgehen musste.

Zuerst erkannten wir nur eine Gestalt, die barfuß in einem blauweiß gestreiften Pyjama steckte. Als die Gestalt ein paar Schritte auf uns zumachte, schien der Vollmond auf das Gesicht.

„Ich werde euch verprügeln, wenn ihr euch nicht sofort wieder schlafen legt!" Himmel noch mal, dieser Fred machte mich noch wahnsinnig!

„Das geht dich nichts an!", polterte ich.

„Und wie mich das was angeht! Ihr haut ab, und wir fassen wieder die Strafe aus!"

Er stieß mich von der Waschmaschine, fasste Akin und mich am

Kragen und zerrte uns hinaus. Renate blieb nichts anderes übrig, als uns hinterherzulaufen. Wir wehrten uns wie wild, sahen aber bald ein, dass das nichts brachte.

„Wieder einmal 'ne Fressattacke mitten in der Nacht?", fragte Renate, als er uns vorm Zimmer losgelassen hatte. „Vergessen, dass die Himmelberger wegen dir die Küche abgesperrt hat...?"

„Schnauze", antwortete Fred schroff und bugsierte uns ins Zimmer.

„Und wenn ich euch noch einmal rausschleichen höre, schlage ich Alarm, geschnallt!?"

„Wie zum Teufel hatte Fred uns nur hören können!?", fragte sich Renate, als wir uns wieder ins Bett verkrochen hatten. „Da ist doch was oberfaul!"

„Vielleicht, weil du dich nicht an meine Handzeichen gehalten hast", erinnerte ich sie.

„Ja, klar, schieb's nur auf mich", brummte Renate. „Du hattest doch die doofe Idee mit der Flucht!"

„Freunde", versuchte Akin zu schlichten. „Sind doch egal! Müssen morgen etwas anders überlogen."

„Überlegen", verbesserte ich ihn genervt. Allerdings dachte ich genauso wie Renate. Irgendetwas war faul an der Sache. So laut waren wir nun wirklich nicht gewesen.

Es wird noch schlimmer

Es war Donnerstag kurz nach sechs. Ich hatte mich mit Renate aufs Zimmer zurückgezogen, um mit ihr einen neuen Fluchtplan auszuhecken. Da wir unsere Türen nicht absperren konnten, stand Akin Schmiere. Fred hatte uns den ganzen Tag nicht aus den Augen gelassen, darum wollten wir wenigstens jetzt unsere Ruhe haben.
Draußen schrie ein Mädchen. Daran hatte ich mich schon gewöhnt, weil Heinos Kakerlake immer noch frei herumlief. Schön langsam dachte ich, dass Karla nicht mehr zu ihm zurückwollte. Bis auf Heino hatte sie schon jeder mindestens zehnmal gesehen.

Renate und ich redeten ziemlich durcheinander. Zuerst die Idee, es erneut über die Waschküche zu versuchen. Dazwischen beschwerten wir uns über das Abendessen. Nur Pommes hatte es gegeben! Kein Fleisch, keine Chicken nuggets, nicht einmal Ketchup! Und selbst die Fritten waren so fettig und matschig gewesen, dass sie mehr nach Kartoffelbrei geschmeckt hatten. Schließlich öffnete sich die Tür, und Akin ließ Mirabella herein. Sie war völlig außer Atem, weil sie viel zu schnell gerannt war. Dabei hatten sich ihre Pipilangstrumpfzöpfe gelöst, sodass ihr

Strähnen ins Gesicht hingen.
„Die, die, die…“, stammelte sie wie eine hängen gebliebene Platte und stützte sich auf ihren Knien ab.
„Wieder einmal aufs Atmen vergessen?“, lachte Renate. Mirabella war, wie sie war. Wenn sie eine Neuigkeit zu erzählen hatte, würde sie lieber ersticken, als sie nicht als Erste erzählen zu dürfen.
„Die, die räumen den Wuzler weg!“
„Wer die?“, fragte Renate.
„Na, die eben“, schnaufte Mirabella. „So Leute halt.“
„Und den Fernseher und die Dartscheibe!“ Während Mirabella immer noch nach Luft rang, strich sie ihr Haar aus dem Gesicht. „Unser Wohnzimmer… es…es… ist leer!“

Es klopfte an der Tür. Ich musste an Fred denken. Aber der würde sich niemals die Mühe machen anzuklopfen. Ein großer Kopf mit langen, wuschelig roten Haaren kam zum Vorschein. Es war Tristan. Seine Frisur war lustig, ja, aber sonst war er ein Langweiler. Was Renate nur an ihm gefiel? Zum Lachen konnte sie ihn bestimmt nicht bringen. Und dass er einen so tollen Liebesbrief geschrieben hatte,

konnte ich mir auch nicht denken.
„Ich will euch ja nicht stören…“, sagte er. *Tust du aber!*, dachte ich. „Aber warum schleicht Fred wie ein Aasgeier um euch herum? Habt ihr was angestellt?“
Renate und ich schauten uns an. Wenn wir jetzt alles ausplaudern würden und Mirabella davon erfuhr, wüsste in Sekundenschnelle das ganze Heim von meiner Flucht. Andererseits würde Renate ihrem Tristan ohnehin alles erzählen. Daher bat ich ihn widerwillig herein.

Wir schoben die Betten zusammen, setzten uns im Schneidersitz darauf und erzählten ihnen, wie wir am Vortag abhauen wollten und uns Fred dabei ertappt hatte.
„Entweder gönnt er niemandem die Flucht“, fasste Tristan zusammen, „oder er steckt mit der Frau Kratzbein unter einer Decke.“
„Natürlich steckt er mit ihr unter einer Decke“, erwiderte ich schnippisch. „Was denn sonst?“
„Aber wie willst du das denn wissen, hä?“, fragte er neunmalklug.
„Ich hab doch neulich gehört, wie er sich wegen des Spinats bei ihr aufregen wollte. Der hat sich bestimmt mit ihr was ausgemacht.“
„Wie auch immer“, meinte Renate, „Hauptsache, wir wehren uns dagegen.“
Wir blickten zu Mirabella, weil sie ihre Ohren verdächtig spitzte. Sie sprang auf, rannte zur Tür und riss sie mit einem Ruck auf.

Fred purzelte herein. Scheinbar hatte er seine Lauscher an die Tür gedrückt gehabt.
„Wusst' ich's doch!", rief Mirabella und war mächtig stolz darauf, dass es ihr als Einzige aufgefallen war. Statt ihr zu danken, ärgerte ich mich, dass Akin uns nicht gewarnt hatte, wozu stand der Schmiere?
Fred rappelte sich auf und musterte uns.
„Gar nichts unternehmt ihr!", brummte er. „Habt ihr das kapiert?"
„Aber Frau Kratzbein nimmt uns doch alles weg!", erwiderte Mirabella.
„Wuzeln und Dart spielen interessieren mich sowieso nicht."
„Aber was ist mit Fernsehen?", fragte Renate. „Du hängst doch dauernd vor der Glotze. Oder interessiert dich das plötzlich auch nicht mehr?" Fred verstummte kurz, ehe er rot anlief.
„Mir wurscht!", brummte er und stellte sich in den Türrahmen.
„Kriege ich Wind davon, dass ihr was vorhabt, schlage ich sofort Alarm!" Beim Rausgehen rempelte er Mirabella an, ehe er am Gang verschwand.

Keine Sekunde später tauchte Akin auf.
„Tschuldigong! War auf dem Klo! Zu viele Cola!", lächelte er verlegen.
„Hast du dir wenigstens die Hände gewaschen?", fragte ich.
„Willst du riechen?"

„Igitt! Bist du eklig!“

„Hört auf zu streiten“, sagte Renate, „denkt lieber nach, wie wir Frau Kratzbein los werden können.“

„Aber was ist mit Fred?“, fragte Mirabella und spielte sich dabei mit einer Haarsträhne.

„Was soll schon mit ihm sein?“, erwiderte Renate. „Ich lass mir doch von dem nichts verbieten.“

„Ich mir auch nicht“, fügte ich hinzu, „ich schlage ein Geheimtreffen vor...“

„Aber wie willst du das machen, ohne dass Fred Wind von der Sache bekommt?“, wollte Mirabella wissen. Mann, wie die wieder mit ihren Fragen nervte.

„Auch er hat sein Amt zu erledigen...“, antwortete Tristan.

„Muss er nicht zurzeit Blumen gießen?“ Ich ärgerte mich, dass mir das nicht eingefallen war. Bestimmt wollte er bei Renate damit Eindruck schinden.

„Und Frau Kratzbein?“, fragte Mirabella. „So viele Kinder auf einen Fleck werden ihr bestimmt verdächtig vorkommen!“

Sie hatte Recht. So ein großes Geheimtreffen würde nicht unbeobachtet bleiben.

„Dann treffen wir uns eben im Garten und spielen Fußball“, schlug ich vor.

„Das ist doch kein Geheimtreffen!“, widersprach Mirabella.

Ich grinste. „Solange wir dabei auch Fußball spielen, wird keiner ein Geheimtreffen vermuten."

Mann, war ich froh, dass mir das eingefallen war und nicht diesem Tristan. Ich sah, dass Renate mir zustimmte.

Sie rief: „Max hat Recht. Ruft alle zusammen. Der Kampf beginnt!"

Das Geheimtreffen

Mann, ich hätte nie gedacht, dass wirklich alle aufkreuzen würden. Ich zählte dreißig Kinder – außer Fred, Peter und Paul waren alle am Fußballplatz versammelt! Wir waren eindeutig zu viele! Auch wenn Frau Kratzbeins Büro außer Hörweite war, sehen konnte sie uns allemal.
Wir einigten uns darauf, dass von jedem Zimmer nur ein Kind hier bleiben sollte und schickten die anderen weg. Natürlich traf es auch meine Freunde. Renate meckerte zwar, aber Akin überzeugte sie davon, dass ich das Treffen einberufen hatte und es besser wäre, wenn ich es auch leiten würde.

Ich legte den Ball auf den Mittelpunkt und hielt mir die Hand vor die Augen, weil mich die Abendsonne blendete. Die Grillen zirpten, und hinter der Hecke mähte der Nachbar seinen Rasen.

„Wir haben ein Problem“, sagte ich. „Frau Kratzbein!“
Während die Kinder stumm nickten, begann der Rasenmäher des

Nachbarn zu stottern. Scheinbar hatte er einen Ast verschluckt. „Das Essen ist schlecht, unser Wohnzimmer leer und der Fernseher futsch! Wer sich dagegen wehren möchte, kommt zu mir herüber!"
Rasch stellten sich alle zu mir.
„Die Parole lautet ab sofort: Operation Kratzbein. Kurz: O.K.!"
Wir blickten zur Hecke, weil wir dahinter den Nachbarn fluchen hörten.

„Von dem könntest du noch ein paar Wörter lernen!", sagte Papa Edi schmunzelnd. Er ist zwar erst dreizehn, aber wir nennen ihn so, weil er einen Oberlippenbart hat, der sich gewaschen hat.
„Oder er von mir", erwiderte ich, kam aber dann gleich wieder zur Sache. „Wir wissen viel zu wenig über die Kratzbein. Warum schafft sie unser Zeug weg? Was hat sie davon? Was hat sie noch vor? Ich möchte wirklich alles erfahren. Mit wem sie telefoniert und selbst für welches Tier ihr Terrarium ist..."
„Mich interessiert viel mehr, warum Fred mit ihr unter einer Decke steckt", merkte Tristan an. „Ohne Grund rührt der sonst keinen Finger!"
„Der kriegt bestimmt Sonderkonditionen!" Wir blickten zu Mi-

rabella, weil wir erstaunt waren, dass sie einen Begriff verwendete, den nicht einmal ich kannte.
„Hab ich vom Fernsehen gelernt!“, erklärte sie. „Was ja jetzt nicht mehr möglich ist.“

Der Nachbar trat gegen den Rasenmäher und der Motor sprang wieder an. Deswegen musste ich lauter sprechen.
„Tristan hat Recht“, gab ich zähneknirschend zu. „Wir müssen auch Fred beschatten!“
Eine kurze Pause entstand. Mirabella, der wirklich nichts entgeht, wurde hektisch.
„Schnell, in zwei Mannschaften aufteilen! Frau Kratzbein schaut her!“
Ohne aufzublicken teilten wir uns in zwei gleich große Mannschaften auf.
„Alles wieder in Ordnung“, gab Mirabella rasch Entwarnung. „Sie hat nur das Fenster gekippt.“
Nachdem sich alle beruhigt hatten, fuhr ich fort.
„Wir brauchen zwei Spione... *Ich* würde ja selbst gerne Detektiv spielen, aber ich werde schon beschattet. Wer möchte also Fred

auf die Pelle rücken?“

Mirabella zeigte am schnellsten auf.

„Du berichtest mir heute vor dem Schlafengehen! Alles, was wir erfahren, werden wir dann mit der Parole O.K. von Zimmer zu Zimmer durchreichen. Und jetzt, Mirabella, geh ins Tor! Dann sieht es so aus, als ob du dich gemeldet hättest, Tormann zu sein.“ Sie nickte und stellte sich in den Strafraum.

„Natürlich brauchen wir auch für Frau Kratzbein einen Spion. Sie muss rund um die Uhr belauscht werden. Am besten übernimmt das jemand aus eurem Team. Wir haben ja bereits einen Tormann“, sagte ich schmunzelnd.

„Ich habe die Handschuhe schon an“, sagte Tristan. „Außerdem lasse ich keinen Ball durch!“

„Also gut. Es kann losgehen!“ Ich meinte damit nicht nur das Fußballspiel. Ich meinte damit vor allem die Operation Kratzbein.

Die Detektive berichten

Ich blickte auf die Uhr. 20 Uhr 55. Es war zum Haare raufen. In wenigen Minuten würde Frau Himmelberger das Licht abdrehen und ich bis morgen auf glühenden Kohlen sitzen. Verdammt, ich würde sterben, wenn ich noch eine Nacht auf den Bericht der Spione warten müsste.

„Sei doch nicht so ungeduldig“, merkte Renate an. „Sie werden sicher kommen.“ Akin las in einer Zeitschrift und sie kämmte sich ihr Haar. Wie konnten die beiden nur so ruhig dasitzen, während ich vor Neugier fast platzte!?

„Wenn sie aber Fehler machen und erwischt werden?“

„Jetzt beruhig dich einmal“, sagte Renate. „Der Mirabella entgeht wirklich nichts.“

„Aber Tristan? Vielleicht..., äh... der ist doch...“

„Was hast du ständig an ihm auszusetzen?“, regte sich Renate auf. „Hättest du eben Akin oder mich das Geheimtreffen leiten lassen, dann würdest du dir nicht das Hirn zermartern müssen!“

Mann, das wird sie mir noch lange unter die Nase reiben, das weiß ich.

„Tristan hat kalten Kopf.“ Akin legte den Comic zur Seite. „Nicht heller Kopf, aber kalten Kopf.“

Er grinste und ich freute mich darüber, dass er zu mir half und

diesen Tristan auch nicht ausstehen konnte. Ich glaube, Renate wollte ihn gerade verteidigen, da ging die Tür auf.
„Und... sagt schon! Was habt ihr herausgefunden?"
Tristan nahm seine Sportkappe ab, seine Haare waren verschwitzt.
„Ich habe Neuigkeiten, da werden euch die Ohren abfallen!"
Hättest du ihn hören können, wüsstest du, dass er wie ein Roboter auf Schlaftablette sprach.
Mirabella hingegen war da aus einem anderen Holz geschnitzt. Für sie war es die reinste Freude, etwas zu erzählen, was die anderen noch nicht wussten.
„Ich hab Wahnsinnsneuigkeiten, da werden euch die Haare ausfallen!"
„Das Sprichwort kann man nicht mit Haaren verwenden", verbesserte sie Renate.
„Ich schon, wenn ich will!" Und schwups, streckte sie ihr die Zunge entgegen.
„Muss ich euch denn alles aus der Nase ziehen?", fragte ich genervt. „Mirabella ist die Jüngere, sie fängt an!"
Das kleine Mädchen zeigte Tristan die Zunge. Dann streifte sie ihre Hausschuhe ab, sprang aufs Bett und verkündete voller Stolz, was sie herausgefunden hatte.
„Fred hat einen Fernseher im Zimmer!"
„Was?", rief Akin entsetzt. „Niemand darf Fernseher haben."

„Ist aber so“, erwiderte Mirabella. „SpongeBob hat er sich angesehen und Chips mit Peter und Paul gemampft.“
„Das kriegt er also von ihr“, schüttelte ich verärgert den Kopf. „Naschereien und die Glotze! Darum war er neulich wach...weil er bis in die Nacht hinein fernsieht!“
„Wollt ihr nun hören, was ich zu berichten habe, oder soll ich abzischen?“, spielte Tristan die beleidigte Leberwurst, weil ihm Mirabella die Show stahl.
„Bitte, bleib hier!“, flüsterte ihm Renate ins Ohr. Oh Mann, wie ich das hasste, aber noch mehr hasste ich das, weil es wirkte.
„Vor einer Stunde rief jemand Frau Kratzbein an“, begann Tristan zu erzählen und blinzelte zu Renate. „Ihr *Cousinchen*. Sie sagte zu ihrem *Cousinchen*, sie solle unser Zeug an Bars verkaufen. Nicht unter siebenhundert Euro, betonte sie, nicht unter siebenhundert Euro.“
„Vielleicht muss sie ja sparen“, meinte Mirabella. „So ein Heim kostet viel Geld!“
„Mensch, bist du gutgläubig!“, schnaubte Tristan. „Sie will sich ein neues Ledersofa kaufen und nichts anderes! Der ganze Schnickschnack in ihrem Büro, die Parfumfläschchen, die Couch – das bezahlt sie mit unseren Sachen!“
Das mussten wir erst einmal verdauen! Frau Kratzbein war noch viel schrecklicher, als wir alle gedacht hatten.
„Aber warum hat sie mich dann nicht nach Hause gehen las-

sen?“, fragte ich. „Ich bringe ihr doch kein Geld!“

„Das meinst du!“, erwiderte Tristan. „Für jedes Heimkind streift sie eine saftige Förderung ein, das habe ich genau gehört.“

Deswegen hatte ich nicht zu Mama gedurft! Nur wegen ein paar Scheinen!

„Und...wegen des Terrariums hast du nichts herausgefunden!?“

Ich war gemein zu ihm, obwohl er diesmal nichts dafür konnte.

„Ich sage gleich gar nichts mehr, wenn du mich so anfährst!“

Tristan verschränkte die Hände und wandte sich von mir ab.

War der heute empfindlich!

Renate versuchte zu beruhigen.

„Max benimmt sich doch nur so, weil er gerade erfahren hat, dass er wegen ein paar lausiger Euros nicht nach Hause durfte.“

Tristan, noch eben eingeschnappt, drehte sich um und nickte ihr verständnisvoll zu.

„Über den Glasbehälter habe ich nichts herausgefunden. Dafür aber über Fred!“

„Na, Mensch, mach’ es doch nicht so spannend“, fuhr ich ihn an, entschuldigte mich aber sofort bei ihm.

„Sie sagte zu ihrem *Cousinchen*, dass sie ihn – damit meinte sie Fred – nur noch ein paar Tage hinhalten müsse, bis – du weißt schon was...“

„Was heißt – ‚du weißt schon was’?“, fragte Mirabella.

„Ja, wenn ich das wüsste“, sagte Tristan. „Dann hätte ich es euch ja erzählt!“

„Was führt sie nur im Schilde?“, fragte sich Renate.

„Viel schlimmer, wissen nicht, wo Kratzbein schwach“, meinte Akin.

Er hatte Recht. Für einen Plan wussten wir noch viel zu wenig.

Ich bedankte mich bei Mirabella und Tristan fürs Spionieren.

Frau Himmelberger kam herein, schickte die beiden auf ihr Zimmer und verlangte von uns, das Licht auszumachen.

„Was machen wir nun mit Fred?“, flüsterte Renate im Dunkeln.

„Sollen wir ihm sagen, dass ihn Frau Kratzbein fallen lassen wird?“

„Lassen wir ihn zappeln“, schlug ich vor. „Solange er seinen Fernseher hat, wird uns der niemals helfen.“

Renate schüttelte den Kopf. „Wir könnten ihn aber schon gut gebrauchen...“

„Auch wieder wahr“, gab ich leise zu, kuschelte mich in meine Decke und dachte nach. Es dauerte nicht lange, da fuhr ich wie vom Blitz getroffen hoch.

„Du hast ja erst vorhin Frau Kratzbein am Gang getroffen, nicht wahr?“

Renate nickte.

„Dann hätte ich eine Idee, wie wir Fred dazu bringen uns zu helfen. Aber es müsste sofort geschehen!“

Der Doppelspion

Durch den Türschlitz sah ich, dass in Frau Kratzbeins Büro noch Licht brannte. Sie war also da. Arbeitete sie etwa noch? Oder übernachtete sie hier, wie es Herr Bauschbart manchmal getan hatte, wenn es spät geworden war?
Ich atmete tief durch und klopfte an. Da ich kein Herein hörte, öffnete ich die Tür.

Du meine Güte! Noch mehr Plastik! Efeu, Glockenblumen, eine Einhornfamilie, zwei Vogel Strauße, eine Antilope und ein Mammut. Ehrlich, die Frau hatte einen Geschmack wie ein ausgelutschter Kaugummi! Frau Kratzbein kauerte gemütlich auf ihrem Sofa und las in einer Modezeitschrift. Soviel zum Thema Arbeiten! Und Schmuck trug sie, mein lieber Schwan! Auf die Schnelle zählte ich fünf Armbänder, drei Hals- und zwei Fußketten und ebenso viele Ringe.
„Was machst du hier!?", fragte sie mich schroff. Sie legte die Zeitschrift auf ihren Schoß.
Ich hingegen stellte mich unter den Lüftungsschacht, sodass Fred am anderen Ende mithören konnte. Es war nicht schwer gewesen, ihn dorthin zu locken, ich musste ihm nur meine

Nachspeisen der nächsten Tage versprechen.
„Raus mit der Sprache, was willst du?“
„Das Gleiche wie Fred“, murmelte ich ängstlich, ehe mir klar wurde, dass ich laut sprechen musste.
„DAS GLEICHE WIE FRED!“
„Ach was, du redest Unsinn!“, würgte sie mich ab. Da sie aber plötzlich verstohlen in die Zeitschrift blickte, wusste ich, dass es stimmte.
„Bei *meiner* Vereinbarung könnten Sie mehr Geld sparen“, versuchte ich sie zu ködern.
„Es gibt keine Vereinbarung mit Fred“, log sie. „Aber – wo könnte ich Geld sparen, erzähl!“ Ich grinste. Endlich hatte ich sie da, wo ich sie haben wollte.
„Vielleicht wissen Sie ja, dass ich Fred bis auf den Tod nicht ausstehen kann…“
„Was interessiert mich das? Komm zum Punkt…“ Mist, das half nicht weiter.
„Aber Sie geben doch unnötig viel Geld für ihn aus. Das ganze Naschzeug, zusätzliche Nachspeisen, auch den Fernseher hätten sie längst verkaufen können…“
„Glaubst du ernsthaft, ich verlasse mich auf Dauer auf diesen Vielfraß? Selbst meine Schlange frisst weniger. Der wird sich schon noch wundern, wie wenig es nächste Woche zu essen geben wird. Also sag jetzt endlich, wie ich Geld sparen könnte oder

verschwinde aus meinem Büro!“
Ich grinste. Niemand durfte ihn einen Vielfraß nennen! Wenn das nicht genügte, um Fred auf unsere Seite zu ziehen, dann würde gar nichts mehr helfen.
„Okay, dann verschwinde ich lieber.“ Ich machte eine Verbeugung und lief davon.
Irgendetwas rief sie mir noch hinterher, aber da ich es nicht hören wollte, hörte ich es auch nicht.

Direkt unter dem Lüftungsschacht warteten die anderen Kinder auf mich. Wobei – einer wartete nicht, sondern lief völlig aufgebracht auf und ab.
„Wie nannte sie mich?“, brummte Fred. „Einen Vielfraß? Na warte, die kann gleich was erleben.“ Er stürmte los, schnurstracks in Richtung Kratzbeins Büro.
„Verdammt“, rief Renate. „Wir müssen ihn stoppen, sonst war alles umsonst!“
Renate, Akin und ich rannten ihm hinterher. Da es so verdammt dunkel war und ich außen lief, krachte ich schon nach wenigen Metern gegen einen großen Blumentopf. Am liebsten hätte ich geschrien, weil mein Fuß höllisch schmerzte, aber ich hielt meine Klappe.
„Bleib stehen!“, zischte Akin, um nicht die Himmelberger anzulocken. „Dann…dann… kriegst Renates Nachspeise.“

Sie starrte ihn verärgert an. Als sie aber sah, dass Fred kehrtmachte, seufzte sie.
„Meinetwegen soll er sie haben."
Fred stampfte zu uns zurück.
„Trotzdem lasse ich ihr das nicht durchgehen", bestand er darauf. „Ich will ihr das zurückzahlen!"
„Das wirst du", versprach ich, „indem du unser Doppelspion wirst..."
„Hhh? Doppelspion?", fragte Fred verwundert.
„Du musst weiterhin für Frau Kratzbein arbeiten, aber in Wahrheit uns helfen."
„Was hätte ich davon?", fragte Fred. Natürlich war er immer auf seinen Vorteil aus.
„Wenn du jetzt ins Büro läufst, nimmt sie dir sofort den Fernseher und deine Chips weg", redete ich auf ihn ein.
„Aber noch wichtiger", ergänzte Renate und blickte ihm dabei tief in die Augen, „du musst Infos sammeln, die uns helfen, Frau Kratzbein eins auszuwischen."
Fred dachte nach. Während er das tat, fischte er mit der Zunge Essensreste zwischen seinen Zähnen hervor.
„Denk an die Diät, die sie dir aufbrummen will...", erinnerte ich ihn. Während er vorhin noch gezögert hatte, kam seine Antwort nun wie aus der Pistole geschossen: „Doppelspion klingt gut."

Keine Zeit zu schlafen

Wir waren hundemüde, als wir ins Bett krochen. Akin war wie immer als Erster eingeschlafen. Leider war er verschnupft und schnarchte wie ein Grizzlybär. Normalerweise helfen meine Ohrenstöpsel, aber diesmal zeigten sie keine Wirkung.

„Der säbelt ja wie ein ausgewachsener Säbelzahntiger", murrte Renate. War ich froh, dass auch sie nicht schlafen konnte! So nutzte ich die Zeit, um mit ihr über die Operation Kratzbein zu sprechen.

„Ihr Cousinchen wird bald Fred ablösen", fing ich an.

„Schon komisch – unter Cousinchen stelle ich mir keine Berta vor", erwiderte Renate und brachte mich zum Schmunzeln. „Aber die wird schon kräftig zupacken können!"

„Jetzt wissen wir auch endlich, wofür das Terrarium da ist", sagte ich und dachte daran, wie sich Frau Kratzbein verplappert hatte.

„Die Schlange", flüsterte Renate und ich wusste auch, warum sie so leise sprach.

„Aber wo ist nun ihre Schwachstelle?", fragte ich mich.

Darauf fanden wir keine eine Antwort.

Akins Schnarchen wurde leiser, daher war ich fast am Einschla-

fen, ehe mich ein Geräusch hochfahren ließ. War die Tür aufgegangen? Auch Renate hatte sich aufgerichtet und spitzte ihre Ohren. Ich hatte mich also nicht geirrt. Jemand war im Raum.
„Wer ist da?“, flüsterte ich und suchte nach dem Lichtschalter hinter dem Bett. Ich ärgerte mich, weil ich ihn nicht finden konnte.
„Gib dich zu erkennen!“, forderte Renate mit zittriger Stimme.
„Ich bin’s, ihr Weicheier!“, antwortete jemand im Dunkeln. „Euer Doppelspion.“
Endlich fand ich den Lichtschalter und sah, wie Fred auf uns zukam; im gleichen blau weiß gestreiften Pyjama wie in der Waschküche, nur hatte er schon deutlich mehr Essensflecke abbekommen.
„Und? Kannst du uns weiterhelfen?“, fragte ich.
„Gewöhnt euch nur nicht daran. Nach Operation Kratzbein ist alles wieder so wie vorher!“

Wir ersparten uns das Nicken, wir nahmen das sowieso an. Aber um Frau Kratzbein zu besiegen, mussten sich sogar Feinde zusammentun.

„Also sag schon, was hast du für uns?“, wollte ich wissen.

„Setz mich nicht unter Druck, sonst verschwinde ich gleich wieder!“ Renate warf mir einen bösen Blick zu.

„Dass ihr Männer euch immer zanken müsst!“ Sie schüttelte den Kopf, ehe sie sich an Fred wandte. „Ist dir was aufgefallen, was uns helfen könnte?“

Er nickte. „Sie kriegt morgen um vier Uhr Besuch.“

„Welchen Besuch?“, fragte ich.

„Woher soll ich das wissen?“, fuhr er mich an.

„Jetzt haltet endlich die Klappe!“ Der Lichtstrahl der Nachtlampe fiel auf ihren Rücken, sodass Renates Gesicht im Verborgenen blieb. Aber ich wusste auch so, dass mit ihr nicht mehr zu spaßen war.

„Hat sich Frau Kratzbein irgendwie komisch verhalten?“, hackte sie nach.

„Sie hat bloß gehörig genervt, so wie *der* immer nervt!“ Er zeigte auf mich, aber dieses Mal ging ich nicht darauf ein.

„Womit genervt?“, fragte Renate.

„Sie sagte mir rund zwanzigmal, dass ich während des Besuchs ja gut auf euch aufpassen soll!“

„Wenn sie so nervös ist“, meinte Renate, „muss es sich um eine wichtige Person handeln."

„Ihr Vater vielleicht?", fragte Fred.

„Quatsch!", erwiderte ich. „Ein Steuerfahnder! Vielleicht jemand von der Jugendwohlfahrtsbehörde. Oder ihr Vorgesetzter!"

„Eine ideale Gelegenheit, um sie zu blamieren", meinte Renate.

„Na, dann lasst uns gleich eine Spätsitzung einberufen!", sagte ich und wandte mich an Fred. „Wie wär's einmal bei dir?"

„Ihr spinnt wohl!", erwiderte Fred. „Kommt überhaupt nicht in Frage!"

„Du könntest aber mit deinem Fernseher und den Chips angeben", meinte Renate mit einem Augenzwinkern. „Die jüngeren Kids finden das bestimmt cool."

Daraufhin lenkte Fred ein. „Aber dass mir ja keiner was anfasst!"

Wir waren vierzehn, die versuchten, in seinem Einzelzimmer Platz zu finden. Das war in dem Saustall gar nicht mal so leicht. Auf den Sesseln lagen Kleidungsstücke, auf dem Bett ein Eishockeyschläger und der Teppichboden war mit Essensresten übersät.
Fred präsentierte uns seinen Fernseher. Es war ein alter Apparat, trotzdem waren alle neidisch, weil noch nie jemand so ein Ding in seinem Zimmer haben durfte.
Während ich mit meinen Freunden quatschte, stieg ich auf ein Chipsbrösel, sodass es ordentlich knirschte.
„Konntest du nicht zusammenräumen?", schnauzte ich Fred an. „Wir wecken ja die Himmelberger auf!"
„Pass auf, was du sagst, sonst verpasse ich dir wieder eine!" Drohend rieb er mir seine Faust unter die Nase, doch Renate stellte sich dazwischen.
„Morgen kriegen wir *die* Gelegenheit, Frau Kratzbein fertig zu machen. Und ihr streitet euch wie Kindergartenbabys in der Sandkiste!" Sie öffnete ihr Haar und band es neu zu einem Zopf zusammen. „Also denkt lieber nach, anstatt euch ständig in die Wolle zu kriegen!"
Tja, Renate hatte uns beide zum Verstummen gebracht, denn danach stritten wir uns nicht mehr.

Wir einigten uns darauf, die besten Ideen, Frau Kratzbein vor dem Besuch zu blamieren, auf Zettel zu schreiben und diese dann am Frühstückstisch einzusammeln. Das nächste Treffen würde dann um dreiviertel zwei im Aufenthaltsraum stattfinden. Niemand würde Verdacht schöpfen, weil wir dort um zwei unsere Hausübungen schreiben mussten. Und wegen der Frau Himmelberger brauchten wir uns auch keine Sorgen machen. Wenn es hieß, die Aufgaben sind um zwei Uhr zu schreiben, war sie auch erst um zwei dort. Keine Minute würde die von ihrer Mittagspause herschenken, keine Minute!

Operation Kratzbein

Siebenundvierzig kleine Zettelchen hatten wir eingesammelt! Du willst bestimmt wissen, was auf ihnen stand. Fünf waren unleserlich. Sieben Kinder wollten sich wichtig machen und schrieben ihre Lieblingswitze oder malten was drauf.
Andere Ideen gingen zu weit. Dem Besucher ins Bein beißen. Die Küche in Brand stecken. Da wären wir nur bestraft worden, aber Frau Kratzbein nicht losgeworden.
Den Inhalt ihrer Parfümflaschen durch Klospülung zu ersetzen, wäre witzig gewesen, hätte aber auch nichts gebracht.
Dann waren noch Vorschläge dabei, die unmöglich umzusetzen waren. Ich kann kein Krokodil durch die Gänge laufen lassen, wenn ich keines habe.
Aber es waren auch gute dabei, wirklich gute Ideen. Insgesamt zehn. Und über diese stimmten wir bei der geheimen Sitzung um kurz vor zwei Uhr ab und einigten uns schnell.

Die Uhr an der Wand schlug viermal. Alle Kinder hätten am liebsten zur Tür gestarrt. Trotzdem musste jeder das machen, was er immer um diese Zeit machte, um nicht aufzufallen.
Und dann kam er. Ein großer, schlanker, älterer Mann betrat unser Heim. Er trug eine dunkle Jeans, ein blaues Hemd und

eine weinrote Krawatte. Seine goldene Uhr spiegelte sich im Glas der Telefonzelle. Mit einem dicken Kalender in der einen Hand und dem Handy in der anderen marschierte er mit Frau Kratzbein durch die Gänge.

„Das ist unser Osttrakt, lieber Herr Hofrat“, erklärte sie. „Wie Sie sehen, ist dieser Flügel noch nicht in bester Verfassung.“

„Aber Sie erhalten doch von uns genügend Geld“, erwiderte der Mann, der sich von seinem Handy nicht trennen konnte, obwohl er nicht telefonieren musste.

„Ja natürlich geben Sie uns ein großzügiges Budget“, stimmte sie ihm zu. „Nur planen wir mit Ihrem Geld eben sehr sorgsam. Wir verwenden es ausschließlich für das Wohlergehen der Kinder.“

Der Hofrat nickte zufrieden. „Sehr löblich. Da können sich andere Kinderheime eine Scheibe von Ihnen abschneiden.“

Diese Frau Kratzbein! Log die dem Herrn Hofrat glatt ins Gesicht! Von wegen *Wohlergehen der Kinder*! Die streifte alles für sich selber ein! Aber die konnte gleich was erleben!

„Wo ist meine Kakerlake? Haben Sie meine Kakerlake gesehen?“, fragte Heino, als er den beiden Erwachsenen entgegengelaufen kam.

Der Herr Hofrat schüttelte den Kopf.

„Nicht jetzt“, zischte Frau Kratzbein.

„Wie Sie meinen, Frau Doktor“, antwortete Heino. „Aber hoffentlich hat sie nicht die Schlange gefressen!“

„Was?“, rief der Hofrat entsetzt. „Schlangen haben Sie hier auch? Ist das überhaupt erlaubt?“

„Ach, der kleine Junge redet nur Unsinn“, versuchte Frau Kratzbein zu beruhigen. Doch ein paar Meter weiter schlängelte sich schon eine große Natter durch die Gänge. Es war natürlich Frau Kratzbeins Schlange, die sie am Morgen mitgebracht hatte. Fred hatte sie herausgeholt und in einer Ecke ausgesetzt. Die Mädchen in den Gängen heulten wie die Sirenen los, obwohl wir ihnen tausendmal versichert hatten, dass die Natter ungefährlich sei.

Der Hofrat steckte sein Handy weg und wurde sichtlich ungeduldig.

„Ja, Frau Kratzbein, wollen Sie sich nicht endlich um das Problem kümmern!?“

„Die, die... ist ja völlig harmlos“, stotterte sie. „Die gehört doch... äh... Ich schaff‘ sie sofort weg.“ Frau Kratzbein fasste die Schlange, entschuldigte sich beim Herrn Hofrat und trug sie fort.

Das verschaffte uns genau die Zeit, die wir für die nächsten Auftritte brauchten.

Denn nun war Mirabella an der Reihe. Sie schlich sich von hinten an den Herrn Hofrat heran und zupfte zaghaft an seinem Hosenbein.

„Sir?“

„Ja, meine Dame?“
„Können Sie mir bitte die Haare abschneiden?“ Sie hielt ihm eine schwarze Schere entgegen, die der Hofrat gutgläubig ergriff.
„Aber warum sollte ich das denn tun, kleines Fräulein?“
„Na, wegen der Läuse“, stöhnte sie und kratzte sich an den Haaren. „Seit Jahren jucken die so schrecklich!“ Dabei entkam ihr ein Lächeln. Zum Glück übersah das der Hofrat, weil er einen Schritt nach hinten ausgewichen war.
„Nicht näher kommen, verstanden? Schön langsam hege ich ernsthafte Zweifel über den Hygienezustand dieses Hauses.“
Bei seinen Zweifeln halfen wir natürlich gerne nach. Wir klopften an Peters und Pauls Tür. Die beiden kamen aus ihrem Zimmer und stanken wie zwei große Misthaufen, weil wir davor ihre Kleidung in den Müllcontainer gesteckt hatten.
„Was zum Teufel ist denn mit euch los?“, fragte der Hofrat entsetzt. „Duscht ihr euch nicht?“
„Ach, gnädiger Herr. Sie sind lustig. Heute ist doch nicht Sonntag. Nur am Sonntag gibt es Warmwasser. Wir müssen ja sparen.“
„Was?“, rief der Hofrat empört. „Frau Kratzbein schuldet mir sofort eine Erklärung! Wo steckt sie denn überhaupt die ganze Zeit?“
Doch wir waren froh, dass sie noch nicht da war, denn Renate torkelte schon den Gang entlang, als hätte sie eine Rumflasche leer gesoffen.

„Hicks", gluckste sie, „ich glaube, ich habe mal wieder zuviel erwischt." Sie wankte und rammte beinahe den Herrn Hofrat
„Was? Sie redet doch wohl nicht von Alkohol!?", brüllte er. Er schien schön langsam mit seinen Nerven am Ende zu sein. Akin und ich rannten herbei und griffen Renate unter die Arme um sie zu stützen.
„Nein, natürlich nicht", antwortete ich. „Wo kämen wir denn da hin!? Sie trinkt nur leider sehr gerne vom Spülwasser oder grabscht sich ein paar Tabletten aus dem Ärztezimmer."
„Ach, du meine Güte!" Der Hofrat legte seinen Kalender auf den Boden und beugte sich zu Renate.
„Alles in Ordnung mit dir?", fragte er besorgt.
Sie nickte zwar, aber ihre Augen rollten im Kreis, dass einem schon beim Zusehen schlecht wurde.
„Ja, passt denn keiner auf diese kleine Dame auf?", fragte der Hofrat entsetzt. Seine Stimme klang vor Aufregung ganz heiser.
„Aber Frau Kratzbein kann ja nicht überall sein", antwortete ich.
„Da! Da ist sie ja schon." Ich deutete zu ihr hin, zwinkerte meinen Freunden zu und humpelte rasch mit ihnen davon.
„Das ist ja unerhört!", brüllte der Hofrat Frau Kratzbein an.
„Den reinsten Saustall führen Sie hier. Das werde ich unverzüglich melden!"
„Aber, was, wie?", stammelte sie. Als Frau Kratzbein uns in der Ferne erblickte, schöpfte sie Verdacht.

„Die Kinder haben...Ich habe doch nichts..."
„Genau das ist ja das Problem", unterbrach sie der Hofrat. „Sie haben nichts gegen den Verfall dieses Hauses unternommen!"
„Aber wenn Sie mich erklären lassen, löst sich das Missverständnis bestimmt auf..."
Doch der Hofrat hatte genug gesehen.
„Erklären Sie das lieber ihrem Amtsleiter!" Erbost und mit zittrigen Händen griff er nach seinem Handy und ärgerte sich, keinen Empfang zu haben.
„Da hinten haben Sie eine bessere Verbindung", war Tristan zur Stelle und deutete zu einer Sitzecke.
Der Hofrat bedankte sich und verschwand dorthin.

Frau Kratzbein kochte vor Wut und stellte Fred zur Rede. Wir hingegen freuten uns, dass unser Plan funktioniert hatte. Wir hatten es geschafft, sie bloßzustellen! Nun würde sie ihren Job verlieren und ich zu meiner Mama dürfen! Und trotzdem kam alles anders...

Alles wird anders, als man denkt

Alle Kinder fielen sich um den Hals. Renate brachte die ganze Schar zum Lachen, weil sie Witze darüber machte, was sich Frau Kratzbein alles vom Herrn Hofrat anhören musste. Ich hingegen dachte an Mama. Ich stellte mir vor, wie Herr Bauschbart zurückkam und mich persönlich nach Hause brachte. Wie er auf eine Tasse Kakao blieb und Mama Kuchen für uns buk. Wie er mit seinem Auto davonfuhr und ich endlich bei Mama über Nacht bleiben durfte.

Mirabella rüttelte mich und riss mich so aus meinen Gedanken. Sie deutete zu Frau Kratzbein. Gemeinsam mit Fred marschierte sie auf den Hofrat zu und unterbrach ihn beim Telefonieren.
„Seid still, sonst fliegen wir noch auf", sagte ich. „Irgendwas ist da im Busch..."
„Die können uns doch gar nicht hören", erwiderte Renate.
„Jetzt, freu dich einfach einmal!"
Vielleicht hatte sie Recht, und ich bildete mir das nur ein. Als aber die drei auf uns zusteuerten, verging mir endgültig der Spaß. Ich und allmählich auch die anderen trauten unseren Augen nicht, wie köstlich sie sich unterhielten.
„Sie führen das Heim in einem besonders kindernahen Stil",

hörten wir den Hofrat sprechen, als sie nur noch ein paar Schritte von uns entfernt waren. „Ich wäre Ihnen fast auf den Leim gegangen!“

Frau Kratzbein lachte. „Wir haben so lange dafür geprobt! Stimmt's Fred?“

Fred nickte artig. „Ja, das haben wir, Herr Hofrat. Lange geprobt.“

Meine Freunde und ich sahen uns ungläubig an. Worüber zum Teufel sprachen sie!?

Wir hatten keine Zeit, uns darüber klar zu werden. Der Herr Hofrat schien es eilig zu haben. Er sauste an uns vorbei und lief in großen Schritten dem Ausgang entgegen. Frau Kratzbein und Fred hatten genauso wie wir Mühe, ihm zu folgen.

„Frau Doktor, ich muss mich bei Ihnen entschuldigen“, sprach der Herr Hofrat. „Einen Kontrollbesuch mit einem Theaterstück zu verbinden ist eine außergewöhnliche Herangehensweise. Ihr habt mir glaubhaft vorgespielt, wie ein Heim nicht geführt werden sollte.“

„Ich danke Ihnen Herr Hofrat. Aber es ist das Verdienst der Kinder.“

„Na, na, nicht so bescheiden!“, schnalzte der Hofrat mit seiner Zunge. „Ohne gute Führung kann der Nachwuchs nicht gedeihen. Deswegen werde ich Sie im Ausschuss in höchsten Tönen loben!“

Der Hofrat schnappte sich seine Jacke von der Garderobe und

griff zur Türklinke. „Sie müssen mich entschuldigen, ich habe es sehr eilig. Der nächste Termin wartet schon."
„Aber, Sie", rief Mirabella ihm hinterher. „Wir haben doch..."
„Ich soll dir wohl wieder die Haare abschneiden", unterbrach sie der Herr Hofrat lachend. „Ein zweites Mal falle ich nicht mehr darauf rein. Also, liebe Kinder, schönen Tag noch!"
Und noch ehe wir ihn vom Gegenteil überzeugen konnten, war er schon draußen. Mann, standen wir nun dämlich da. Zuerst unser großer Jubel und nun das blöde Grinsen der Frau Kratzbein!

„Habt ihr wirklich geglaubt, es ginge so einfach, mich loszuwerden?“ Sie lachte, dass ihre Brille auf der Nase wackelte.
„An eurer Stelle würde ich mich nicht besonders auf die nächsten Tage freuen!“ Frau Kratzbein blickte uns verächtlich an, schwang ihren Seidenschal über ihre Schultern, summte fröhlich ein Lied und marschierte davon.

Die meisten Kinder verschwanden enttäuscht auf ihren Zimmern, nur ein paar blieben zurück.
„Alles deine Schuld“, warf mir Heino vor.
„Du hast uns zu diesem Plan überredet“, ätzte er weiter. „Zu dieser *Operation Kratzbein*!“
„Aber wenn uns Fred nicht in den Rücken gefallen wäre...“
„Den wollten wir gar nicht dabei haben“, erwiderte er. „Den hast du uns angeschleppt.“
Renate warf ihm einen Blick zu, mich in Ruhe zu lassen, was er dann auch tat.

Fred lehnte an der Wand und grinste. Er spielte mit einem Zahnstocher und winkte uns frech zu. Renate brachte das so auf die Palme, dass sie Tristan zurückließ und sich auf Fred stürzte.
„Du Verräter!“, brüllte sie und rüttelte an seinem Kragen. „Was hat sie dir dieses Mal versprochen?“
„Mehr, als mir jemals eine andere Heimleiterin bieten könnte!“

Er löste sich aus ihrem Griff und schien keine Spur verärgert zu sein, dass Renate ihn angegriffen hatte.
„Du bist doch nicht so bescheuert zu glauben, dass sie dieses Mal ihr Versprechen halten wird!?"
Fred – so besonnen wie nie zuvor – schüttelte den Kopf. Er fischte ein Stück Papier aus seiner Hosentasche und rieb es uns unter die Nasen.
„Das ist eine Visitenkarte! Die Visitenkarte des Herrn Hofrat. Ich habe ihn gefragt, und er hat sie mir vor ihren Augen gegeben. Wenn sie mir den Fernseher wegnehmen oder sonst irgendwie doof daherkommen sollte, fliegt die ganze Sache auf!"
Verdammt, ich hatte ihn unterschätzt.
„Komm", mischte sich Akin ein, „das bringt nichts. Lass uns abduschen!" Weder Renate noch ich konnten dieses Mal über seine schrullige Art lachen. Dafür waren wir viel zu niedergeschmettert.

Tristan zieht mir den letzten Nerv

Am Samstag hatte Frau Kratzbein ihre Drohung wahr gemacht. Ein Stück Knäckebrot zum Frühstück und... das war's dann auch schon! Keinen Tee, keinen Kakao, keinen Saft. Nicht einmal Wasser! Kinder, die Durst hatten, mussten auf die Toilette laufen und von der Leitung trinken.
Natürlich schoben es viele auf mich und meine Freunde. Wir hatten uns den Plan ausgedacht, wir waren daher Schuld, dass es nichts Ordentliches zu beißen gab. Darum blieben auch die Tische rund um uns frei. Dass Tristan bei uns saß, passte mir gar nicht in den Kram, aber Renate hatte darauf bestanden. Und Fred? Der lag bestimmt in seinem Zimmer, zog sich eine DVD rein und mampfte wahrscheinlich Schokis – ohne Ende!

Ich beobachtete, wie Hausmeister Willi an einem Regal herumschraubte und sich ärgerte, den falschen Schraubenschlüssel erwischt zu haben.
„Was macht der denn hier?“ fragte mich plötzlich Renate.
„Hausmeister Willi!? Heute ist doch Sams...“
„Nein, der andere!“
Ich drehte mich um. Ein kleiner runder Mann mit dunklen Haaren stand mitten im Raum. Ich hatte gar nicht mitbekommen, wie er hereingekommen war.
„Schaut aus wie ein Aufpasser!“
Er trug ein ärmelloses, weißes Leibchen. Seine kräftigen Arme waren von dicken Haarbüscheln übersät.
„Schaut eher aus wie ein Gorilla“, erwiderte Renate.

Mirabella, die *zufällig* auf unserer Höhe ihr leeres Tablett fallen gelassen hatte, mischte sich in unser Gespräch ein.
„Der hat der Frau Kratzbein das Ledersofa hinaufgetragen“, flüsterte sie. „Manfred heißt er. Und heute habe ich gehört, wie sie ihn Cousinchen nannte!“ Wir wunderten uns nicht, dass sie das wusste.
„Das ist also ihr Cousinchen?“, murmelte Renate. „Das ist eher ein Waschbär!“ Wir mussten lachen.
Manfred hatte sofort davon Wind bekommen und polterte zu unserem Tisch. Er stützte sich auf die Platte und ich wunderte

mich, dass die das aushielt.
„Ich vertrag keinen Lärm früh am Morgen! Also Schnauze!“, piepste er. Jetzt wussten wir, warum Frau Kratzbein ihn Cousinchen nannte. Der redete ja wie eine Frau! Zum Glück konnten wir unser Lachen so lange verkneifen, bis er wieder weg war.

Wir verließen den Saal und schlenderten den Gang entlang. Akin und Mirabella mussten aufs Klo. Dafür wich uns Tristan nicht mehr von der Seite.
„Wir sollten es wieder versuchen“, sagte der Rotschopf. „Renate hätte schon eine Idee, wie wir es anpacken könnten.“
„Ach Herr Oberschlaumeier, der immer alles besser weiß“, fuhr ich ihn an. „Glaubst du nicht, dass wir schon genug angerichtet haben!?“
„Wir hätten’s aber fast geschafft“, verteidigte ihn Renate. „Hat nicht viel gefehlt.“
Mir platzte der Kragen.
„Du bist ja so was von bescheuert! Wie ein blindes Huhn rennst du ihm hinterher, seitdem er dir diesen Brief zugesteckt hat.“
Renate lief blitzschnell rosarot an.
„Das geht dich gar nichts an!“, schrie sie mich an. „Hörst du! GAR NICHTS!“

„Das ist eine Sache zwischen ihr und mir“, fügte Tristan hinzu und nahm sie dabei auch noch in seine Arme.
„Ja, dann macht doch, was ihr wollt“, brüllte ich zurück. „Ihr passt ja prima zusammen!“
So schnell wie möglich rannte ich davon. Was bildeten sich die beiden nur ein!? Zuerst behandelten sie mich wie Luft und dann machten sie mich zur Schnecke. Tristan hatte mir Renate weggeschnappt. Ich war aber auch wütend auf Renate, weil sie nur noch auf ihn hörte. Ja, mit ihm konnte sie Geheimnisse haben, aber mit mir anscheinend nicht mehr.

Das Geld lockt

Ich hatte mich im Wohnzimmer verschanzt. Kein Mensch war dort noch drinnen, seitdem es fast leer geräumt worden war. Jetzt standen da nur noch zwei alte Sofas und hingen ein paar schlecht gemalte Bilder von Berggipfeln im Nebel an der Wand. Ich freute mich auf das Sofa. Es war blassblau und staubte ein wenig, als ich mich darauf legte. Das Kissen hatte Frau Kratzbein verscherbelt, darum musste ich ohne auskommen. Kurz davor ein Nickerchen zu machen, riss mich ein Knall in die Höhe. Die Tür war aufgeschlagen worden und gegen die Wand gekracht, sodass sich weißer Putz löste.

„Wir haben es falsch angegangen!" Ich hätte es mir gleich denken können. Wenn sich Renate etwas in den Kopf setzt, lässt sie nicht mehr locker.

„Anstatt sie zu verscheuchen, sollten wir sie vom Heim weglocken!"

Ich kapierte, worauf Renate hinaus wollte. „Du meinst mit Geld?“
„Die Frau könnte niemals einer Banknote widerstehen!“
„Ja, aber auch letztes Mal hatten wir einen guten Plan“, entgegnete ich. „Wieso sollte es dieses Mal funktionieren?“
Sie grinste. „Komm herein und zeig Max, wen du heute gefangen hast...“
Mirabella trat ein, in der Hand ein Marmeladenglas. Ich musste zweimal hinsehen, bis ich Karla zwischen den Grasbüscheln entdeckte.

„Mit der Kakerlake weiß ich schon etwas Hübsches anzufangen“, meinte Renate.
„Außerdem waren wir letztes Mal zu blöd, Herrn Bauschbart anzurufen! Dabei hatte er uns das sogar extra bei der Abschiedsrede angeboten...“
Ich erinnerte mich nicht daran, aber damals hatte ich ja nur an Mama gedacht.

„Soll ich ihn anrufen?“, fragte ich.
„Das brauchst du nicht mehr. Das hat Tristan schon erledigt.“
Renate verschluckte die letzten Worte, um mich nicht allzu sehr zu verärgern.
„Der Name geht mir allmählich auf den Keks!“, sagte ich.
„Du hast das mit dem Brief völlig falsch verstanden“, erwiderte Renate. „Ich wollte nur nicht, dass du…“
„Möchte nicht darüber reden, okay!?“
„Meinetwegen“, nickte sie. „Dann sei aber so nett und rede mit Hausmeister Willi, bevor der mit dem Regal fertig wird. Bei meinem Plan spielt er eine wichtige Rolle!
„Warum mit Hausmeister Willi?“, fragte ich.
„Wir brauchen jemanden, den die Frau Kratzbein noch nicht zu Gesicht bekommen hat.“
„Aber Willi war doch den ganzen Tag hier!“
„Sie hat ihn aber nicht gesehen…sie ist doch einkaufen!“

Wir lagen auf der Lauer, weil Frau Kratzbein jederzeit ins Heim zurückkehren konnte. Ich stand hinter einer Ecke, Renate und Mirabella versteckten sich in der Telefonzelle und Akin war unter einen Holztisch gekrochen, worüber wir ein weißes Leinentuch gelegt hatten. Außerdem war Tristan Fred auf den Fersen, um uns zu warnen, falls er in der Nähe war.

In meinen Händen hielt ich einen Brief. Tristan hatte Herrn Bauschbart darum gebeten, uns einen zu schreiben, um Frau Kratzbein auf die falsche Fährte zu locken. Herr Bauschbart war extra am Nachmittag hergefahren und war bestürzt gewesen, dass das Wohnzimmer leer geräumt worden war. „Ich brauche handfeste Beweise", hatte er daraufhin gesagt. „Etwas auf Band!" Daher ließ er uns auch ein Diktiergerät da und wünschte uns viel Glück.

Ich steckte seinen Brief in ein großes Kuvert, worauf in blauen Lettern „Eilbrief" zu lesen war. Die Idee mit dem Eilbrief war notwendig, weil sonst Frau Kratzbein Verdacht geschöpft hätte. Am Samstag wurde ja keine Post ausgetragen, außer Eilbriefe eben. Da sie ihr Büro abgesperrt hatte, mussten wir zu einem weiteren Trick greifen. Wir hatten einen Notizzettel auf das Kuvert geklebt, worauf zu lesen war:
Post für Sie, Hochachtungsvoll, Himmelberger

Es war schon sechs Uhr abends, als Frau Kratzbein endlich auftauchte. Mit zwei schweren Einkaufstüten schleppte sie sich den Gang entlang. Die war sicher mit unserem Geld auf Shoppingtour gewesen!
Sie rief nach Manfred, der ihr sofort zu Hilfe eilte.
„Wofür habt ihr Kerle denn eure Muskeln!", schnaubte sie und

drückte ihm die Tüten in die Hand. „Ins Büro damit!"
Ihr Cousin tat, wie sie befohlen hatte, und stellte die Einkäufe neben dem Tisch ab.
Das war die Gelegenheit, unseren Köder auszulegen. Ich summte einen hohen Ton, sodass Akin unter dem Tisch hervorkroch und einen großen, saftigen Burger auf einen Teller legte. Wir hatten ihn aus Bertas Kühlschrank gestohlen und in der Mikrowelle aufgewärmt.
„Bis morgen, Cousinchen", hörten wir Manfred sagen, ehe er die Tür öffnete. Wir gingen rasch in Deckung und warteten ab.

„Der riecht aber lecker!" Manfred hatte den Hamburger erblickt und sofort danach gegriffen. Er fackelte nicht lange und wollte ihn gleich verschlingen, als ihn Mirabella daran hinderte.
„Sie haben aber große Muckis!", sagte sie. Wie sich der über das Lob freute! Er legte den Burger zur Seite und zeigte ihr stolz seinen Bizeps. Tja, nun war Akin an der Reihe und platzierte die Kakerlake mitten auf dem Burger, ohne dass Manfred es merkte. Als Akin wieder unter dem Tisch verschwand, stürzte Mirabella

Hals über Kopf davon und ließ Manfred verdutzt zurück.
„Hat wohl Angst vor meinen Muskeln bekommen, die Kleine!"
Manfred zog den Teller zu sich heran, griff nach dem Burger und wollte schon hineinbeißen, als er direkt vor seiner Nase in die Augen der Kakerlake schaute. Du hättest sehen müssen, wie der geschrien hat! Wie ein kleines Baby heulte er los und schleuderte den Teller zu Boden, sodass er klirrend zerbrach. Karla schlüpfte unter den Scherben hervor, ergriff die Flucht und lief direkt in Renates Marmeladenglas.
Der Lärm hatte natürlich Frau Kratzbein herbeigelockt.
„Was zum Kuckuck ist denn hier passiert?", fragte sie entsetzt.
Während Manfred ihr erklärte, was geschehen war, huschte ich heimlich in ihr Büro, legte den Brief auf den Tisch und versteckte mich wieder in der Ecke am Gang.
Frau Kratzbein hingegen wunderte sich über den Burger.
„Vielleicht hat ihn ja der Hausmeister liegengelassen", erklärte Manfred. „Der ist gerade erst gegangen und scheint mir sehr vergesslich."
„Welcher Hausmeister?", fragte Frau Kratzbein.
„Der alte Sack, der heute den ganzen Tag lang ein Regal repariert hat."
„Kenn ich nicht", erwiderte Frau Kratzbein, „aber bei der nächsten Gelegenheit werde ich ihm gleich auftragen, er möge doch endlich die Kakerlake einfangen und zerquetschen!"

Während Manfred kleinlaut das Heim verließ, ging Frau Kratzbein in ihr Büro zurück und schloss die Tür. Meine Freunde und ich kamen aus unseren Verstecken hervor und schielten abwechselnd durch das Schlüsselloch.
„Na schau her, was haben wir denn da", hörten wir Frau Kratzbein sprechen. „Da war aber Frau Himmelberger ausnahmsweise einmal flott unterwegs!" Sie löste den Notizzettel vom Brief und öffnete ihn.
Da sie beim Lesen leise mitsprach, hörten wir, was Herr Bauschbart geschrieben hatte:

Sehr geehrte Frau Kratzbein!

Hofrat von Tresenstein hat von Ihnen gesprochen, deswegen wende ich mich an Sie. Mein sehr geschätzter Kollege, Herr Tauerbach, seines Zeichens Leiter des größten Waisenhauses von Wien, war leider in einen Autounfall verwickelt und wird für längere Zeit ausfallen. Bis zu seiner vollständigen Genesung brauche ich nun eine fähige Person, die die Geschicke dieses Heimes leitet.
Da Hofrat von Tresenstein Sie in höchsten Tönen gelobt hat, schlug ich daher Sie vor. Ich hoffe, Sie nehmen unser Angebot an. Für den Fall einer raschen Zusage kann ich Ihnen einen Vorschussbonus in Form eines Geldkoffers anbieten, den morgen mein geschätzter Mitarbeiter Herr Leopold vorbeibringen würde.

Bei Interesse wenden Sie sich bitte noch heute an Frau Partmann (Telefonnummer: 0650 / 509 44 22), um für morgen einen Termin mit Herrn Leopold zu vereinbaren.

Magister, Doktor soundso.
Unterschrift kann ich nicht lesen. Ah, da steht noch ein P.S.:

Bitte lassen Sie sich nicht von Herrn Leopold einschüchtern. Er ist schon älteren Semesters und hat ein schlechtes Gehör. Bitte antworten Sie ihm laut, aber ehrlich, denn bei Lügen kann er äußerst ungemütlich werden.

Selbst durch das Schlüsselloch war zu erkennen, wie sehr sie sich über das Angebot freute. Herr Bauschbart hatte auch wirklich einen glaubhaften Brief geschrieben. Frau Kratzbein wählte sofort Partmanns Nummer. Sie wusste nicht, dass Frau Partmann eigentlich Frau Bauschbart war.
Ich hörte, wie sie ein paar Worte miteinander wechselten und für Sonntag elf Uhr die Übergabe des Geldkoffers vereinbarten. Plötzlich kamen Peter und Paul um die Ecke. Da wir nicht wollten, dass sie irgendetwas bemerkten, machten wir einen Satz von der Tür weg und liefen auf unser Zimmer.

Alles spitzt sich zu

Heute Morgen war ich sehr früh wach. Es lief zwar alles nach Plan, aber das hatten wir schon einmal.

Am meisten zerbrach ich mir über Hausmeister Willi den Kopf. Er sollte Herrn Leopold spielen. Zehnmal hatten wir ihm alles erklärt, dennoch war ich mir nicht sicher, ob er unseren Plan richtig verstanden hatte. Er durfte von niemandem gesehen werden, vor allem nicht von Manfred und Fred, weil die ihn sofort auffliegen lassen würden.

Für sein Treffen mit Frau Kratzbein hatten wir einen Geldkoffer gebastelt. Akin hatte uns seinen kleinen, silbernen Alukoffer geborgt und jeder dafür einen Zehneuroschein aus seinem Sparschwein gespendet. Den Rest hatten wir aus Papier geschnipselt und in Stapeln unter die echten Scheine gelegt.

Plötzlich fiel mir ein, wie wir die Kinder ablenken konnten. Da Renate und Akin noch schliefen, stellte ich den Alarm auf superlaut, drehte die Zeiger vor und brauchte keine Minute zu warten, ehe er runterrasselte.

„Was ist denn das für ein Krach?", raunte Renate schlaftrunken. „Es ist Sonntag, verdammt noch mal!" Die Haare standen ihr zu Berge, ein Fuß mit rosaroten Wollsocken baumelte aus dem Bett.

Ich versuchte es bei Akin. Volle Pulle warf ich meinen Polster nach ihm und traf ihn am Kopf.

„Steh doch auf, du Schlafmütze!", rief ich.

„Bin ich nicht!", murmelte Akin. Er schnappte sich das Kissen, schleuderte es zu Renate und drehte sich missmutig zur Seite.

So schnell ließ ich mich von denen nicht abspeisen.

„Ich habe die Idee, wie wir alle von der Geldübergabe fernhalten können..."

„Nicht jetzt", brummte Renate. „Ich will noch schlafen!"

Sie nahm meinen Polster und vergrub ihren Kopf darunter.

Oh Mann, war das eine schwere Geburt mit den beiden.

„Kannst du auch weiterschlafen, wenn ich dir sage, dass ich eine Schlägerei mit Fred anzetteln werde?"

Renate richtete sich blitzschnell auf.

„Bist du bescheuert?", fragte sie. „Oder lebensmüde?"

„Nein, nur clever", grinste ich und weihte die beiden in meinen Plan ein.

Das sah ihm wieder einmal ähnlich! Obwohl Fred sein Frühstück am Zimmer serviert bekam, hatte er sich auch noch ein Stück Knäckebrot aus der Kantine geholt. Wutentbrannt darüber marschierte ich auf ihn zu, drängte Peter und Paul zur Seite und stellte mich so dicht vor ihn hin, dass ich seinen Mundgeruch spürte. Wie ekelig!

„Letztens sind wir von der Himmelberger unterbrochen worden", sagte ich und entschied, doch lieber einen Schritt zurückzuweichen, weil mir sonst wegen des Gestanks übel geworden wäre. Er antwortete mir nicht, sondern biss viel lieber vom Knäckebrot ab. Darum musste ich ein wenig nachhelfen.

„Du weißt schon, neulich, wie ich dir eine verpasst habe..."

„Hau schon ab!", würgte mich Fred ab. Er verschlang sein Brot, entriss auch Peter seine Scheibe und war schon fast bei der Tür damit, als ich ihm laut *Feigling* hinterher rief. Alle Kinder im Saal verstummten. *Feigling* war genauso schlimm wie *Vielfraß*. Darum hoffte ich, dass es wirkte. Vielleicht nicht so sehr, dass er mich gleich k.o. schlagen würde. Fred hielt an und drehte sich um. Er machte sich nicht die Mühe zu mir zu kommen, sondern starrte mich aus der Ferne an.

„Wir sehen uns um elf!", rief er mir zu und zerbröselte das Brot in seiner Hand.

Ich blickte auf die Uhr. Zwei vor elf. Mein Herz raste. Ich wartete vor Kratzbeins Büro auf Renate und Hausmeister Willi und starrte aus dem Fenster. Vor der Schaukel waren alle Kinder des Heimes versammelt. Keiner wollte verpassen, wie Fred mich zu Kleinholz machte, keiner! Auch Mirabella und Akin waren unter ihnen, weil wir das so ausgemacht hatten. Nur Fred konnte ich nicht entdecken. Wo steckte er denn bloß!?

Renate tauchte mit Hausmeister Willi auf. Ich erkannte ihn fast nicht, so sehr hatte er sich herausgeputzt. Er trug einen rabenschwarzen Anzug, eine graue Krawatte und eine dunkle Kappe. Willi hilft manchmal bei Bestattungen und lässt bei Begräbnissen die Särge hinunter. Wahrscheinlich war das dann seine Uniform dazu.
Akins Koffer war schwer. Deshalb half Renate, ihn bis vor die Tür zu tragen.
„Hast du Manfred oder Fred gesehen?", fragte ich. Renate schüttelte den Kopf.
„Solltest du nicht im Garten sein?", erwiderte sie. „Nicht, dass du sie noch herlockst..."
„Spinnst du!? Glaubst du allen Ernstes ich würde da jetzt

rausgehen!? Ich wollte ja nur nicht, dass jemand unseren Plan durchkreuzt."

„Aber Fred wird das nicht auf sich sitzen lassen", erwiderte Renate. „Der wird dich vermöbeln wollen."

„Na und! Wenn das hier funktioniert, werden mir die anderen Kinder schon helfen", glaubte ich.

Hausmeister Willi unterbrach uns, indem er sich räusperte.

„Kann losgehen", sagte er mit seiner typischen heiseren Stimme. Er schnappte sich den Koffer, fasste sich in die Jackentasche, drückte beim Diktiergerät den Playknopf und klopfte an die Tür.

Hausmeister Willi trat ein. Während ich durch das Schlüsselloch starrte, lauschte Renate durch die Tür mit.

„Guten Tag, Herr Leopold", grüßte Frau Kratzbein laut und freundlich. „Bitte nehmen Sie doch Platz!" Bestimmt hatte sie wegen des Geldkoffers große Glupschaugen bekommen! Leider konnte man das durch das kleine Loch nicht so genau erkennen.

„Also Sie sind der Mann mit dem Geld?", fragte sie.

„Der bin ich", nickte Hausmeister Willi. Er nahm auf dem Gästestuhl Platz und klopfte mit seinen Fingern auf den Koffer. Das spornte Frau Kratzbein offenbar an nachzuhaken.

„Kann ich einen Blick auf das Geld werfen?", fragte sie, scheinbar zu leise, weil Willi nicht reagierte.

„OB ICH EINEN BLICK AUF DAS GELD WERFEN DÜRFTE?"

„Wenn Sie es nicht mit Speichel beklecker...“
Hausmeister Willi öffnete den Koffer. Genau so weit, dass man nur die vier Stapel mit der echten Banknote oben drauf sehen konnte. Frau Kratzbeins Augen funkelten vor Begeisterung.
„Sind das lauter Zehner?“, fragte sie. „Darf ich mal anfassen?“
„Zweittausend Zehner“, antwortete Willi. „Ne Menge Kohle, die Sie bald anfassen können, wie Sie wollen.“ Und *zack* schloss er den Koffer. Er spielte seine Rolle verdammt gut, das musste man ihm lassen.
„Sie wechseln also die Branche?“, fragte er.
„Wenn Sie damit meinen, dass ich nach Wien gehe, dann ja.“
„Das Nest hier kommt mir ohnehin beschissen vor!“
Frau Kratzbein zuckte die Schultern.
„Wie schaffen Sie es nur in diesem Loch zu überleben?“, wollte Willi wissen.
„Man tut, was man kann“, antwortete Frau Kratzbein.
Alter Schwede, war die ein schwerer Fall! So würden wir überhaupt nichts Brauchbares aufs Band kriegen!

„Was tut ihr hier?“ Ich zuckte zusammen. Die Stimme kam nicht von drinnen, sondern von hinten. Wir drehten uns um und sahen Manfred, wie er dicht hinter uns einen großen Kebab verschlang. Soße tröpfelte auf seinen grellen Trainingsanzug, den Fleck putzte er hastig ab.

Renate rettete sich durch einen Sprung zur Seite, mich jedoch erwischte er am Kragen.

„Bin gespannt, was meine Cousine dazu zu sagen hat." Er strich sich – mit dem Kebab in der Hand – durch seine nassen Haare (oder war das Gel?) und öffnete die Tür.
Im Büro fehlten viele Plastikfiguren, es war erstaunlich schlicht eingerichtet. Frau Kratzbein hingegen war fein herausgeputzt und starrte mich entgeistert an. Dass wir störten, sah ich ihr sofort an.
„Was gibt es?", fragte sie daher schroff.
„Dieser Bengel da hat dich belauscht", antwortete Manfred.
Und da passierte es. So gut Hausmeister Willi seine Rolle gespielt hatte, in diesem Moment machte er einen Fehler und drehte sich um. Manfred erkannte ihn sofort.
„Aber Cousinchen, das ist doch Haus..."
Willi, kurz erschrocken, räusperte sich, um Frau Kratzbein unter Druck zu setzen.

„Wir haben zu tun“, sagte diese. „Regle das selber.“

Manfred jedoch ließ nicht locker.

„Aber wieso trägt er eine...“

„Ich sagte: Regle das selber!“

„Aber ihm kannst du es doch sagen, wegen der Kakerlaken...“

„Was!?“, rief sie entgeistert. „Wir haben keine Kakerlaken!“ Sie sprang vom Sessel und scheuchte uns nach draußen.

„Und jetzt will ich nicht mehr unterbrochen werden!“

Puh, war das knapp gewesen, dachte ich, als wir wieder am Flur waren. Manfred kaute den letzten Bissen seines Kebabs. Dann blickte er sich halbherzig nach einem Mülleimer um, warf aber das Papier im nächsten Augenblick in hohem Bogen über seine Schulter.

„Kleiner, du hast scheinbar eine Glückssträhne.“ Ja, dachte ich und du könntest mehr auf deinen Müll achtgeben.

„Und jetzt will ich dich nicht mehr im Haus sehen!“, sagte er.

„Geh zu deinen Freunden raus!“

„Aber ich will nicht...“, entfuhr es mir. Verdammt, hätte ich nur nichts gesagt! Aber in diesem Moment hatte ich nur an Fred gedacht und wie er auf mich und meine vorlaute Klappe wartete.

„Ich war nett zu dir, hörst du!? Ich kann aber auch anders!“ Er packte mich am Ohr und zog mich daran bis in den Garten hinaus. Mein Ohrläppchen brannte wie Feuer, aber das war noch

gar nichts im Verhältnis zu dem, was Fred mir zufügen würde. Ich sah sie schon, die Verletzungen, die er mir verpassen würde. Gebrochene Arme, verstauchte Knöchel, blaue Flecken und ein blutverschmiertes Gesicht: Wie lange er wohl brauchen würde, mich bewusstlos zu schlagen, sodass ich nichts mehr von dem mitbekommen müsste?
Manfred ließ mich erst bei der Schaukel los. So schnell konnte ich gar nicht reagieren, hatten mich die Kinder schon eingekreist. Er ließ mich trotzdem alleine zurück und verschwand durch den Hintereingang ins Haus.

In der Mitte des Kreises wartete er schon auf mich. Das Einzige, das er sagte, an das ich mich erinnern kann, war:
„Du bist zu spät!"
Viel mehr weiß ich nicht mehr. Ich hatte so viel Schiss, dass mir mein Herz in die Hose gerutscht war. Ich weiß noch, wie ich zum Bürofenster schaute. Wenn ich schon leiden musste, dann sollte es nicht für die Würst' sein. Frau Kratzbein schüttelte Hausmeister Willi die Hand. Konnte aber auch sein, dass sie um den Geldkoffer stritten. Das war leider aus der Entfernung nicht erkennbar.
Ich hatte jetzt aber auch andere Sorgen. Fred krempelte die Ärmel hoch und zeigte mir seine Muckis. Das hätte er sich ruhig sparen können – mir wäre auch so klar gewesen, dass er der

Stärkere ist! Die Kinder grölten und schrien vor Aufregung. Ich erkannte Akin, wie er weglief und wahrscheinlich nach Renate suchte. Dann wurde alles still um mich herum. Fred trat dicht an mich heran und sagte den letzten Satz, an den ich mich noch erinnern konnte:

„Ich mach dich platt!“

Im Wartezimmer

Ich kann nur so viel sagen, dass ich im Krankenhaus gelandet bin. Dort warte ich schon zwei Stunden vorm Gipszimmer und erzähle euch die Geschichte. Ein blaues Auge hat er mir verpasst. Und die Hand gebrochen. Genauer gesagt die Elle. Sie ist zwar nur angeknackst, hat der Arzt gesagt, aber trotzdem bekomme ich einen Gips. Irgendwie freue ich mich schon drauf. Sie haben mir gesagt, dass ich mir die Farbe aussuchen kann. Blau oder weiß. Der blaue schaut cool aus. Aber ich werde den weißen nehmen, weil man da viel besser was drauf kritzeln kann.

Ob wir Frau Kratzbein losgeworden sind, weiß ich nicht. Ich konnte noch mit niemandem reden. Hoffentlich hat Hausmeister Willi seine Arbeit vollenden können, denn bei Frau Kratzbein käme Fred bestimmt ungeschoren davon. Dass er bestraft wird, ist mir im Moment fast wichtiger, als zu Mama zurückzudürfen.

Eine Krankenschwester kommt und fragt mich bereits zum dritten Mal nach meiner Nummer.
„Das habe ich Ihnen doch schon gesagt, ICH WEISS SIE NICHT!"
„Keine E-Card mit, und die Sozialversicherungsnummer nicht

wissen", schüttelt die Krankenschwester den Kopf. „Wie soll ich da das Formular ablegen können!?"

Na, die hat Sorgen, denke ich und bin froh, dass sie wieder verschwindet.

„Kriegst du einen Gips?", fragt jemand hinter meinem Rücken.

Ich freue mich, weil es Renate ist.

„Einen weißen", antworte ich ihr. „Darfst als Erste unterschreiben."

Neben ihr steht Herr Bauschbart und lächelt. Herr Bauschbart trägt einen schönen Sonntagsanzug, während Renate noch in ihren Joggingklamotten steckt.

„Da hat jemand ganz schön viel in den Plan investiert", sagt er. Ich weiß nicht, ob er das jetzt lobend oder belehrend gemeint hat.

„Aber wie ist's nun gelaufen?", frage ich neugierig. „Wird Frau Kratzbein entlassen?"

Renate und Herr Bauschbart sehen einander an. Die beiden müssen das aber auch spannend machen!

Herr Bauschbart zückt das Diktiergerät und spielt das Band ab. Ich rücke näher heran, um ja jedes Wort mitzukriegen.

„Wie halten Sie das nur mit den vielen Kindern aus?", höre ich Willi reden.

„Ach, daran gewöhnt man sich", antwortet Frau Kratzbein.

„Lügen Sie mich nicht an", erwidert Willi harsch. „Die kleinen Biester sind doch oft unausstehlich."

Ich zucke zusammen. Ihn so reden zu hören, ist schon seltsam.
„Ich lüge nicht“, antwortet Frau Kratzbein. „ Ich weiß nur, wie man mit denen umgehen muss.“
„Aber die heutige Jugend – alles anspruchsvolle Quälgeister“, fährt Willi fort. „Sagen Sie mir bitte nicht, dass Sie sie nach Strich und Faden verwöhnen und ihnen vielleicht auch noch Fernseher und Wuzler durchgehen lassen?“
Es folgt ein längeres Knistern, dann murmelt Frau Kratzbein etwas Unverständliches.
„Wie bitte?“, fragt Willi nach. „Ich höre so schlecht!“
Frau Kratzbein, eben noch leise, ruft laut und deutlich: „Sie glauben, ich kann mich bei denen nicht durchsetzen? Da unterschätzen Sie mich aber gewaltig! Alles habe ich ihnen gestrichen. Alles! Sogar die Essensrationen. Ich werde den Kindern Beine machen, da wird ihnen Hören und Sehen vergehen...“
Herr Bauschbart drückt die Stopptaste. „Das wird dem Gremium reichen!“ Er nickt zufrieden und lässt das Gerät in seiner Jackentasche verschwinden.
„Wer wird denn nun der neue Heimleiter?“, will ich wissen.
„Dieses Mal habe ich ein Wörtchen bei der Nachfolge mitzureden!“, antwortet Herr Bauschbart und wird ernst dabei. Ihn scheint zu plagen, dass wir in dieser Woche so viel erleben mussten.
„Er kennt eine ganz tolle Frau“, meint Renate. „Eine, die das

Gegenteil von Frau Kratzbein ist."
Ich blicke zu Renate hinüber.
„Und... was ist mit Mama?", flüstere ich, weil ich mich vor ihr fast nicht zu fragen traue.
„Tja, das, mein lieber Freund, ist schon geregelt", antwortet mir Herr Bauschbart.
Ich sehe ihn verwirrt an. Was meint er damit?
„Der wird's wohl nie kapieren", sagt Renate und tippt sich auf die Stirn. „Ich werde dich nun wirklich besuchen müssen..." Sie deutet auf den Eingang hin und ich sehe, wie meine Mama mir entgegenläuft.

Renates Brief

Drei Tage später besuchten mich Akin und Renate zuhause. Wir kritzelten den Gips voll, aßen Torte bis uns schlecht wurde und tranken Cola, sodass wir hundertfach rülpsen mussten. Wir kletterten aufs Baumhaus, Mama servierte uns Kakao und wir lachten, weil Akin die Hälfte verschüttete. Über Tristan sprachen wir nie, was mir nur recht war. Zum Abschied steckte mir Renate einen Zettel zu. Als die beiden gegangen waren, verschanzte ich mich in meinem Zimmer und faltete ihre Botschaft auf:

Bitte versprich mir, dass du niemandem davon erzählst. Ich rede nicht gerne darüber, darum schreibe ich dir lieber. Versprich mir auch, dass du den Zettel zerreißt. (Nur den Abschnitt unten darfst du behalten, wenn du möchtest). Tristan ist mein Halbbruder. Der Brief, den er mir zugesteckt hat, war von unserem gemeinsamen Vater. Er ist gerade in der Stadt und wollte uns sehen. Tristan hatte keine Lust dazu, ich schon.

Keine Sorge also, nur du bist mein Freund! Viele Hiebe auf deinen Oberarm, deine Renate.